豆娘

新章

四川文艺出版社

图书在版编目（CIP）数据

豆娘新章／清荷铃子著.—成都：四川文艺出版社，2014
（2021.10重印）

ISBN 978-7-5411-3033-5

Ⅰ.①豆… Ⅱ.①清… Ⅲ.①散文诗－诗集－中国－
当代 Ⅳ.①I227

中国版本图书馆CIP数据核字（2014）第028580号

豆 娘 新 章

清荷铃子 著

责任编辑	朱 兰（441917894@qq.com）	
	李亚南（373143057@qq.com）	
责任校对	文 诺	
封面设计	艺杰设计	
版式设计	艺杰设计	

出版发行　四川文艺出版社

社　　址　成都市槐树街2号

网　　址　www.scwys.com

电　　话　028-86259285（发行部）028-86259303（编辑部）

传　　真　028-86259306

读者服务　028-86259285　028-86259287

邮购地址　成都市槐树街2号四川文艺出版社邮购部 610030

印　　刷　三河市嵩川印刷有限公司

开　　本　170mm×240mm　1/16

印　　张　15.5

字　　数　253千

版　　次　2013年12月第一版

印　　次　2021年10月第二次印刷

书　　号　ISBN 978-7-5411-3033-5

定　　价　48.00元

豆娘，东方女性的形象

——《豆娘新章》序

海 梦

美丽、智慧、善良、无私，为男人而生，为爱情而活。"最美的时候，不是姿态的优雅，而是忘我的投入。"

亲爱的，请再次灌满我，我要把自己很彻底地稀释掉，直到崩溃，甚至窒息。

亲爱的，丰满的乳房是你的，肥硕的臀部是你的，轻柔纤瘦的杨柳腰是你的，圆滚滚的脸蛋、发达的肌肉是你的，满地颤抖的星火是你的。

疲惫安静的时光是我的，你颤抖的下肢，微缩的生殖器是我的。

亲，你带我飞，快飞到水边，我渴——

——青春物语《相依》

这一段文字把《豆娘新章》内在的灵魂写得淋漓尽致。这是一种大爱。作者把人性最根本的真善美、勇敢、大胆，倾情地描写出来，塑造出一个十分可爱的女子。无私得令人崇敬，令人关爱，令人心疼。

豆娘是蜻蜓的俗称，有的地方又叫丁丁猫。在南方乡村，这种美丽娇小的动物到处都是。喜欢在黄昏群舞。老百姓看见这种情景，便说："丁丁猫赶场，明天是个好天气。"喜欢停歇在秧苗、树枝、木棒的尖端，或叶片上纹丝不动，如像贴在上面，构造出一道道天然的风景，十分可爱。清荷铃子写的《豆娘新章》不是写这种动物的习性和美丽，而是透过豆娘的形象，写一种人性和一种人的精神世界，完全把它人性化了。这其中掺和着作者的理想、追求与世界观。善良、纯真、坦诚、勇敢、大胆，毫无保留地把自己的内心世界和思想感情交给读者，这是这本书的最高艺术价值。

豆娘，是一个很有个性的形象，温柔、善良、美丽、多情，对人生的态度坦然无虑，对事物的看法尖锐敏感，近乎怪异。但她对自己钟爱的人，一往情深，永不改变。《路过人间》这样写道：

如果到了那一天，请把我掩埋在你诵经就寝的地方好吗？
别忘记在我的上面栽种一棵樱花树，

我希望你每天醒来的第一眼，就能看到我
为你摇落夜晚的星辰，为你挥手招来温暖的晨曦，
我希望每天最先听到你诵经唱经的声音。

我们都曾饥饿孤苦过，委屈受伤过，被人冤枉陷害过……
生的时候不能互相温暖，就让我的灵魂顺着樱花树往上长，
春天给你开一树粉红的樱花，让你站在我的面前不停地喊"妹妹"……

这种生死与共的爱情，在中国古代社会不足为奇，而在今天能在青年女诗人的笔下宣扬这种美德，实为难能可贵。铃子本人就是个善良、温柔、美丽的贤妻良母，勤奋好学，刻苦善思，为人处事热情大方，涉及有关个人名利之事，总是忍让三分，与世无争。在她的作品中，蕴含着做人要以吃亏为本、忍让领先，即使上了当，也无怨无悔的精神品质。她在《相伴》中这样写道：

我看到花蕊里有刀子，也有性器，当你把一束花放在我面前的时候。

浑沌中，滚卷而起的暮色，有小偷盗贼还有杀人犯在林间出没，
你用刀子赶跑了他们，用生殖器柔软了我，
你一再强调，那是葡萄、香槟和罪恶的石头，
我并不反对，我找到了弯弓射大雕的英雄。

|豆娘，东方女性的形象|

只是你的马儿不知躲藏到了哪里，盐河边，柳树下，

月光贴近双唇，长久地窒息。

魔镜里有千帆、红酥手，有黄昏花落、阑珊独倚……

我不怕，我喜欢你仙人掌般干渴的嘴唇，喜欢你宽大的胸脯隐藏着我惊恐的呼叫。

是的，我喜欢，你臂间的豹子，带来的雷鸣和闪电，

带来的雨水、河流和大海。带来的水阔、鱼沉和秋韵。

我是喜欢那束花的，为你热烈地燃烧着，又不知所以地跟在你身后。

这是一幅相当浪漫的图画，梦幻的意境，奇趣的情怀，以及内心的坦荡和大度，让人十分爱怜。铃子的笔下，是写一种社会，一种人性的雕塑，一种人类灵魂的裸露。在这本书的许多篇章中，都涉及男女之间一些生理欲求以及性的描写，但作者站的角度高，从高度的视角描写人的本真、生理的自然规律和情感的必然趋势，展示一种人类的真善美，与那些低俗的性描写风马牛不相及。作者的视野也不完全聚焦于这些小我身上，放眼世界，她看到的是人类社会美好的一面，也看到一些悲欢离合的场景和大千世界尔虞我诈的阴影。如《死死生生》：

那个人走进远处的灯盏里，又被更远的黑吸走，

那个人留下女人、孩子和病床上呻吟的老人，独自跳进巨大的火炉，

那个人的灵魂在梨树下一闪而过，似乎幽怨，似乎悲戚。

……

又有一些新的生命将从我的腹部，从我的尾部出生于这片水域，

它们将生活在这片山坡，环绕着我的村庄，及村庄里的亲人。

这些跃跃欲试的小生命，令我兴奋、骄傲，又无比忧郁。

这个场景，是另一个世界，远非人间能看见的那些阴森恐怖的场面，这是灵魂的呼号，人间一些险恶的东西侵蚀着豆娘美好的善良的心境，展示出

善与恶的反差，给人一种良知的冲动，产生一种力量去拯救人类，拯救人们的灵魂。这是艺术产生的客观效果，"我感觉到了疼，像要摘除我身上同时萌发的花朵与毒药"，"一座城市瞬间被大风吹走，我的影子被胡蜂们撕成一地星星的惊叫。"（《只争朝夕》），这种社会，只是种梦影，当我醒来以后，"当我想到宽恕二字，所有爱过恨过的人都化为眼前一缕轻风。妈妈在河边汲水的声音告诉我，我必须在自己的刀刃上死去，在撒盐的伤口里醒来。"作者笔下豆娘的生存状态，多么令人同情，令人悚然。试想：一个活生生的人，要在"自己的刀刃上死去"，又在"在撒盐的伤口里醒来"，这是一种怎样的滋味。壮哉！作者的奇思妙想，把人带进了一个荒诞的画面，带进了封建社会，一个奴隶制度的缩影。主人要你去死，你就得死，主人要你在那种极端痛苦的环境里活下去，你就要活下去。以小看大，一滴水反映一个世界，这是铃子笔下的功力，她能用很短的文字，把很深的社会现象的最阴暗一面揭示得淋漓尽致，无情鞭挞。如《最后的思索》中，她用非常精炼的文字，把一些社会现象浓缩成一个看世界的放大镜，让人在微尘中看到细菌的疯狂。

一个欲望死了，另一个欲望活了，
身体不是被思想和灵魂牵着走，而是被一双饥饿的神掐着走。

我吃掉了很多恶劣的蚊蝇，仍然满足不了身体的渴望。
我曾对着镜子里的自己咒骂，仇视，但很快又忘掉了自己。

这是一年中最寒冷的时刻，大街上的霍乱少了，
然而浴缸和空调室里的烟雾、垃圾，越来越多。

当冬风在一枚落叶上结成冰花，大街上手推车里的书画报凌乱不堪，
这多像世界末日的挽歌，当时间被卷入黑暗，我就着风干的影子在银月的水边阅读。

|豆娘，东方女性的形象|

泪水里有很多纯净美好的东西从历史的产房里逃出来，

几经周折之后，它们开始变态、变异，甚至变性，

社会的大熔炉焚烧的不是垃圾，而是善良，温暖和热爱。

人类是可怕的，产房更可怕。

我不能像王维陶渊明一样做个彻底的隐士，

当最后一缕阳光透过我薄薄的翅羽，我感觉到了自己的弱小。

蚂蚁的伟大在于它那弱小力量的坚持，

在斜向阳光的芦苇叶上，我看到露水抱着翠玉的理想，缓缓升华。

"露水抱着翠玉的理想，缓缓升华"是这部作品的主题思想。尽管，我们社会中有不少阴暗的东西，人间有不少糟粕，"浴缸和空调室里的烟雾、垃圾，越来越多"，最终，人类是善良的，社会是美好的，前景是带露的阳光在绿叶上闪烁。

纵观全书，《豆娘》是一部非常精美的著作，寓意深刻，场面宽远，意境优美，内涵丰富，形象独具个性的散文诗精品。

散文诗，在当今多元化时代，路子越来越宽了，已经从写形到写意的境界了。这部作品，以常规化的散文诗表现形式来要求它，显然会失望。但是从文学就是人学，写人是文学的根本这个高度来衡量这部作品，它达到了这个要求。文章的跨度、跳跃、含蓄、空灵，以及文字的含金量，远非那些看似高深的"精品"所能比拟的。作者思想的活跃，文笔的流利，通俗、大胆、深刻，也不是一般女性作者所能做得到的。所以，这部作品的思想性和艺术性都独具特色。

铃子是一位非常刻苦好学又勤奋坚持的青年女诗人。她已出版过几部作品，这部作品是上一部《豆娘》的续编，她并没有依样画葫芦，而是苛求突破、创新、提高、拓展创作思路。她是一位活泼天真的女孩，做人做事十分认真。在她的笔写出来的东西，都很完善，都取得人们的喜欢。她非常喜欢

参与各种文学活动，她的作品参加大赛，总是百发百中，名列前茅，所以人们开玩笑说："铃子是领奖的专业户。"话又说回来，铃子也不能因此而骄傲，满足现状，停滞不前。文学的路有宽有窄，在勤奋者面前是一条阳光大道越走越宽，在自满人的面前是一条死胡同。祝愿铃子永远是文学创作路上的拓荒者，一步一步去攀登艺术的高峰，铸造人生的辉煌。

　　（本文作者系中外散文诗学会主席、《散文诗世界》杂志社社长兼总编辑、著名作家）

目 录

她一出生就是美的——
她有樱桃小嘴，有柠檬
乳房，有水蓼淡红的脸，
有樱花的裙摆……

第一章

第一章　轮回起始

1. 轮回起始

河边有很多的美人和香草，为何看不到爸爸？
他因拒绝放生，而被困在海中央了，孩子。

从今天起，白天很长，夜晚很黑，我们要把耳朵藏起来，
要学会用眼睛望闻问切，要保护好代表身份和地位，
且象征生命的翅膀。

人类是虚伪的，但我们可以真实地活在人世，
其实，我们与五界是共生的，
脱掉这身蜻蜓的外衣，我们的灵魂和人类一样。

又稍微不同，
我们是被佛陀点化，放生的，
脱掉外衣，我们的灵魂可以附着于万物，可以在任何空间自由来去。

切记——
在没有修成正果以前，这躯壳扔掉了，就很难寻回来。

2. 这一夜

妈妈又来晚了，并且不小心踢翻了灯盏，
远处一只猫尖叫着跑开，夜晚被撕开一道口子，
透过那道刺目的光圈，我看到她湿漉漉的影子，悬挂在弯弯的檐角，
一会儿就睡着了。

我有点想离开她了，
她整天把我一个人丢在干草垛，率领众蜻蜓挖井，采矿，兴修水利。
我孤独，饥饿，河对岸那片汹涌的油菜花，
夜夜都有虫吟拷开我痴痴的幻想。

飞过去，在鸟鸣啄醒晨露之时——
这是一次美丽的会晤，油菜花不只用美酒美味招待了我，
还将我的翅膀染成金黄，它们秘密地告诉我，如何绕过蜘蛛网，
如何逃过燕雀的法眼……

今晚的夜色是一首歌，妈妈是那最美的唱词。
我被妈妈笨拙的舞蹈幸福得不能自已，是的，我长大了，
我应该相信，妈妈在为我创造一个新的王国，建造新的宫殿。

未来，我将是豆娘王国的国王，那谁是我的王后呢？
这一夜啊，春江潮水连海平，海上明月共潮生……

3.映　照

一个人身陷荒凉的城市，耳朵被桃核堵住，
田野里那些细微的声响，在身内不时地蠕动啃咬，
有时候，灯光和意识都能被突然而来的风波吹疼，吹散，

我时常抱着一条腐朽的河流，望着一群疯女人慢慢走进坟墓，
她们也曾经是皇后，贵人，丫鬟，农妇，修女，
心灵至上者，懊丧于躯体的不良接触和动作，

蜜蜂永远是蜜蜂，蝴蝶永远是蝴蝶，谁也不能代替谁，
大自然在不同力量的角逐中，善良的辩解只会显示弱小，只会被踢走，
要么吃掉对手，要么被对手吃掉。你只有狠，或更狠。

一名蒙面少女从我身边轻飘而过，她去了星星的花园，
她没有气味没有颜色，她像一团雾，将一朵栀子花哭出了眼泪，
时光从她身上到底取走了什么？

我的镜子只映照到遥远的湖边，一处低矮的暮色，
月亮，这把巨大的铁锹，将我从那里挖掘出来，
我开始恐惧，不安……

4. 穿越侏罗纪

在盘古山，月光倾斜而模糊，我看不清自己的样子，
一个人静静地躺在那儿，是空气、水、湖泊、河流……
世间万物都曾是他的样子，又或不是，

而我肯定就是盘古那一斧子下去，诞生的灵物——

已经远去的有伏羲、女娲、神农、共工、祝融、棺人、大禹……
但他们的灵魂仍在，他们被盘古肉体幻化的无形的蛛网，
紧紧束缚在上古。

山峦间，长年有云雾缭绕、飘浮，盘古一定还存在什么疑虑，
就像我，躺下去的时候，也曾是那面圣山，飞起来以后，
一不小心就成为鸟儿们的食粮，这怪什么？
万物生存皆有道。
或许，那个时期的一段奇缘，此生再续。

俞伯牙的琴声自万青谷远远传来，钟子期静静地躺在一块岩石上，
或许，在那一声佛号里，我也碰见了他——
那时有一缕清香，从他微闭的眉心幽幽传来，
又向他身后的丛林，应声而去……

5. 釜山合符

月光在石头上吐出历史的舌头，将前古的秘密泄漏了出去——

盘古开天地之后，从伏羲氏、女娲氏、神农氏三皇，
到黄帝、颛顼、帝喾、尧帝、舜帝五帝，人类改造着自然，
自然改造着人类，人与自然共存的同时，又繁衍进化着。

豆娘的家族也经历了这么多。
高大威猛的祖先，被迫受大自然的改造（特别是氧气比例的减小），
身体逐渐变小，直至现在的小巧玲珑，这有什么办法呢？
这身躯壳是大自然赠送的，我也只有使用权。

石头上的镜子，放映了太多的纷争和杀戮，它将脸转向一边，
流出几滴泪来，月光的大手拍了拍它的肩膀，示意它安静休息，
我开始对人类所经历过的朝代点数，倒是很喜欢唐朝。
那时我在诗人的思想里翩翩飞舞，梦里暗香盈袖……

我仅仅代表一种美和闲适，那时，我有自己稳固的江山，
臣民们和平共处，都忙碌于织梦，造梦，在织梦都，
我们不建设庙宇宫殿，不搬诏宫廷制度，只构建灵魂上的哲学。

6. 天涯明月

在春风刮尽一半的时候，你在杨柳的细腰间穿梭，
那时水草肥美，那时小荷才露尖尖角，你对我轻罄浅笑。
摇橹的阿婆摇着摇着，就将我们摇进夜色，摇进你的闺房……

那一夜一闪而过，你已幻化为人，仍在双桥上等我，
桃色依旧，春水依旧，情依旧，我仍不能认你，
站在你身后倾听你，看你的舞，听你的诉，
多么令人悲伤，绝望！因为你是人，我是豆娘！

如果还有缘，如果你还记得那晚，我给你点的眉心砂，许的愿，
就在下一个尘世来找我，带着这件信物，
我仍给你读上面的诗，给你比那晚更多想念和泪水。

一波才动万波随，不听歌声也垂泪，
无奈，蓬莱山上，星辰告约，母亲病急，鸥鹭翻飞。

7. 焚书坑儒

妈妈，我只是想去一次秦朝，取回我的"五明扇"——

从"焚书坑儒"到"独尊儒术"，秦速灭，汉长兴，
文以载道，法以治国。社会需要安定，生活才有进步，
此次穿越，你要懂得以德治国和以法治国的重要意义……

妈妈，我耳朵里都长出老茧了——
去吻一下那朵荷吧，美人头上的香草，也很美！
如果，我被露珠打湿了，我必须迫降在哪里？

我的背上有把护心伞，带上它，你想去哪里，默念一下就到了，
但记住，只能使用三次。
这是一把代表身份和智慧的香扇，经过多次改良，它越发精致轻便，
此次相遇甚好，墨迹刚好有点潮湿，诗书画浑然一体，成为高雅的艺术
珍品。
然，就是那诗那画，害了好多人……

她独坐窗前，再一次描摹我，将我绣在荷包上，
那时，我有亭台千座，灯火万家，她不知道，
她对着扇面轻吻了一下，那眼，那眉，那腰，特别是那浅浅的酒窝，
深陷的微笑，活脱脱一个水月亮！

这一次，我要取回的，不只是扇，还有你的魂，魄，
还有——

第二章　寻根问祖

1. 寻根问祖

　我睡眠无数次了，每次醒来都有伤痕——

这是当年晋平公将祁地赐给大夫姬奚作食邑的祁县，
历史可以追溯到新石器时代，那时我们的母亲，第一个国王，在这里出生。伟大的母亲领导豆娘家族在这里日出而作，日落而息。

那时的臣民奉行"外举不避仇，内举不避亲"。那时举国上下，民心一致，坚不可摧。
然而，生活慢慢地，一点一点地织好了罗网，
织好了一个让国王子孙往里跳的陷阱。臣民相继离去，国王抑郁而终。

当母亲将历史的竹简一次次翻阅，我伏在一边，一次次泪流满面，
我从微风和贝壳的细语中得知，不只舌头可以万年不死。
阴险、卑鄙、欺诈的小人也可以万年不死。

妈妈，放心吧，我会继承你的懿旨，将豆娘王国再建起来。
我相信那些高贵的灵魂在可爱的国土，都可以起死回生。
你看，我的父亲，在那个悲伤的山顶，祝福我们与光芒同在。

2. 暗含苦涩

日子一天过去，为什么我在这里，总是想着另一片土地，
似乎能听到那里亲人们的呼吸，他们都已经死亡很久了，
为什么他们的气息处处存在？

妈妈你看，太阳又一次膨胀为巨大的火盆，
然后暗淡下来，进行睡眠，渔民们在此启锚，解缆，升帆。
这是温暖的四月，最佳的航海季节，
但是，为什么那些女人们心怀悲凉，暗含苦涩？

——孩子，你不要听坐在门槛上的妇女们谈论生死，
我们的祖辈在太岳山北麓，汾河东岸，我们离开晋中平川几千年了。当初这里荒草遍野，我们祖辈在这里开垦养殖，享山川之饶，受渔盐之利。

莫要再去追问秦始皇为何两度莅境，鞭石成桥登秦山岛。
孩子，汉平帝刘衍封大司徒马宫为扶德侯，置国于赣榆的时候，我们的祖辈从北云台山辗转于此，他们用自己的智慧与勤劳，将这块盐碱地变为现在的海滨城市，62.5公里的黄金海岸上，到处都是我们的国民，他们不只懂得海水养殖，而且草柳编织技术相当高……

我们从河流中渗透出来，天使给了我们一对美丽的翅羽，要好好保护它啊，只有它才能让我们无限次地穿越历史的回廊，让我看清真相。

孩子，这是妈妈给你编制的花环，戴上它去海边玩吧。

3. 传国玉玺

云朵一片片飘过，没有人发现我，
《史记》和《资治通鉴》里也没有记载过我，
直到近代，有人发现我在一块千古化石上，以巨大的身姿展翅飞翔，
人类才知道豆娘祖辈的出现，是早于人类的。

九星轮，轩辕造车，战胜蚩尤于涿鹿，直到王莽篡汉，
直到和氏璧琢制的传国玉玺被嘉靖用多批印玺替代，
直到檀香木、水晶、玛瑙、金质和骨质等都可以成为宝玺的肉身，
人类才从历史的争战和杀戮的叹息声中，慢慢地回转过身来醒悟。

原来从宫井中女尸身体上解下的传国玉玺，并不是吉祥之兆，
而是改朝换代的征兆。孙坚和袁绍兄弟都死了，汉献帝也不免一死。
直到"传国玉玺"神秘失踪，天地间莫衷一是。

现在，人类还没有完全挣脱对黑暗的恐惧。
那是因为人类仍然在制造黑暗的恐惧，比如刀，枪，炸弹，导弹，原子
弹等，都是权力的象征。
人类仍然在消失的玉玺上面，一刀一刀地雕刻着灾难和毁灭。

4. 王莽篡汉

妈妈，我看到石墙上人影晃动，有人将饥民"煮木为酪"，
社会到了"人相食"的惨状。

那是因为黄河改道，劳民伤财，
因为天灾人祸，百姓颗粒无收，饥民流落他乡，
有人逼死自己的亲儿子，毒害自己的亲女婿，设计陷害忠良……
——都是为了传国玉玺，想代汉建新。

你再看，皇帝的首级被悬挂于宛市，
百张愤恨已久，集结而"共提击之，或切食其舌"。他自己倒下去的时
候，传国玉玺与他一起倒在血泊里。

那曾让他龙颜大悦的玉玺，幽灵一样从惊恐的血泊里飞起，穿过饥饿的
黑色的街道。这被秦始皇尊为高无上的玉玺，象征皇权的玉玺，经历了79
程之后，也灰飞烟灭。

孩子，莫要沉浸在这些旧时光里，
在我们看不见的城市里，仍然有篡位夺权，以权谋私的，仍然有吃喝嫖
赌，贪污受贿，买官卖官，违法乱纪的，如今这片国土的雾霾越来越严重。
你看，每个人的背后都有一张网，都有一个巨大的黑暗的陷阱。

他们是否在紧张的绿红灯的十字路口，思考过真正的人生和幸福，他们
是否有过信仰，灵魂深处是否有一座坚不可摧的寺庙？
我们要爱上水草和芦苇，爱上放下包袱欣赏风景的人。

5. 昔日家园

人杰地灵的王国不存在了，
从隋开皇到金代，随着祁州改为晋州，祁改为祈，
豆娘家族的大部分成员被死亡带走，少部分沉沦于现世，
甚至还有一些被蝙蝠的眼睛看管，过着监禁的生活。

有些生命丧失以后，就不会再有生命轮回，
而带有优秀的国王家族血统的，仍然一代一代地繁衍着，

时光具有虚度之美，时光是一条逆流的河，
我时常梦到我的前半生，在绿荫中拂动，然后隐入黑暗。

我看见创造人类主宰禽兽花木的万物的女娲神，
在东方突然闪现一缕金光，她想拥抱大地，
而太阳一面温暖地照射着大地，一面怒视着人类的灾难，
太阳有时只想把大地燃烧。

受到爱抚的小草，彼此将生命抱成团，将灵魂抱成团，
它们紧紧地护着大地的皮肤，
夜幕降临，柔软的草地，同样爱抚着一些善良人的脚心。

6. 秋痕未长

秋风起了，我的眼里落满金黄，
这些火焰，妖精，没有人能领走它们，
当我身体的热浪消失，我听到快过流星的火车驶过我的头顶，
拉走了我所有的果实，而我只能一声不吭。

母亲告诉我，我们的城郡，到了秦代，开始转危为安，
这是自食邑被晋平公没收之后，大地开始展露自己的容颜，
之后又被孝文帝霸占，又被四分五裂。从那时起，我们的家族后代，被
迫向中原四周流浪，有的居于云南、四川、山东，有的处于沿海，还有一部
分跨过了雅鲁藏布江……

几只燕子失落地向南飞去。星星铺明的一条道路，风声遮住了鸟声，
我看见一只白蝴蝶在月光下，在梧桐树叶上休息，
它像夜晚最明亮的星星给我带来安逸。

我想要张开翅膀飞过长杂草的积水地带，飞过沼泽和暗语，
我怀抱古书，不喝茶不饮酒，让明月一次次走过窗台，让心中的湖海一
次次决堤。不可以流泪，不可以哭泣。
要保留好一副好品相，要让舞姿与月色相媲美。

要听到风声和鸟鸣从另一个国度飘来，要看得见湿漉漉的史书掉入历史
的长河，要把流水当成镜了，看得见长亭、古道、黄叶地。
要让内心的篱笆圈住辽阔的暮色，要在那里找到消失的家园。

7. 我是什么

"我是昆虫吗？""你是石头，植物吗？"都不是。

"我是什么呢？"一只会说话的小豆娘问自己。
我能写诗，但石头不能，香草能读懂我的诗。

植物会恋爱吗？能，植物帮我们构造世界，还能帮我们繁殖。
这么多年来，它们没什么变化，可我的变化真大！

孩子，你的灵魂并没有变化，不信摸摸你的经脉，都是你自己的血液。
其实我们的灵魂一直在记起而又忘记，在丢失而又在寻回。

我来自活着的植物，来自石头的想象，那些绿色的小花装饰着我，
它们来自河水的底部。我与这些植物之间没有什么不同，
我用眼睛去理解它们，我发现它们如此平等。

在我拥有你之前，我爱自然犹如爱我粉红的身体，现在我仍然爱自然，
胜于你的信仰。

妈妈，我想汹进那片海潮，汹进那片草丛，
像从前一样，亲近你和爸爸，我想深入大海和泥土的深处。

第三章 豆娘家族

1. 乐仙红豆娘

她觉得黑，是地狱。
她害怕黑，害怕黑白倒置之后，泥土将夺走翅膀，陆地就是火的炼狱。

她一出生就是美的——
她有樱桃小嘴，有水蓼淡红的脸，有火棘树的红果点缀成的裙摆。

但是，它是被秋风和时光追逐的猎物。
有人在兰花旁边撕扯她的影子，偷走了她的画像和她美丽的腰身。

她不敢歌唱，因为她一开口，就有藿香蓟紫色的花香向天空弥漫，
就有"蒹葭苍苍，白露为霜"。
而这一切，是被世人嫉妒的，甚至超过鸟类、螳螂与蜘蛛这些天敌。

在河流与天空无限接近的黄昏，她常常望着跑向黑暗的马群发呆，
她觉得那些鞭声里有刺骨的疼痛，有死亡的哭号，还有流血和盐的痕迹。

似乎有人将晨曦借给了她，将影子借给了她，将耳朵借给了她，将压低的身姿借给了她，在飞鸟和鱼同时逼迫过来的时候。

最后，那人又将嘴唇也借给了她，那是接近火焰和潮水的地方。

2. 相遇碧翠蜓

作为一只幸运的红豆娘，我侧身躲过一张巨大的蛛网，又从一只麻雀的嘴边逃脱，

我安全飞出草丛。就这样，生命被借用过来，又可免费使用一次。

一只碧翠蜓勾引我飞上瞿麦的紫花瓣，他让我闭上眼，

然后跟随他的指示，关闭呼吸，打开思维：放弃水、烟、火的厮杀，放弃火车与铁轨的摩擦，放弃血淋淋的伤口，放弃被污蔑的痛苦和虚无的欲望。意念被打开了，又被关闭。所有事物聚集在了一起，又忽而解散。

我终于清空了自己，也收回了自己。

原来我还这么美——

纤细的腰身已从古画款款飞出，那尖尖的小荷是我的披风；原来一只碧翠蜓一直等待我的出生，等我抹掉花瓣和咒语的覆盖，

原来灯光里流出来的不是金子，而是爱的潮水，原来瞿麦的紫里，写着我们曾经的誓言和契约。

碧翠蜓，原来你是我的王，是我的皇蜻蜓。

我还记得水边的马鞭草，开紫红色的小花，你喜欢睡在毛茸茸的花序里。你喜欢我在草地上跳喇叭舞，你喜欢床边一排排摇头晃脑的小野菊，

你更喜欢我柔软的骨骼，前倾的身体。

天空打开一把巨大的蓝伞，我们在蓝色的海洋里无边无际地飞，

飞累了，我靠在你的肩头，你靠在月亮的耳边，

我们小心地倾听着田野被收割的气息。

那里有很多我们深爱过的粮食，正奔走在回家的路上。

3. 小叶春蜓妹

妹妹，你应该告诉我母亲衰老的颜色，

父亲变成一个用腮呼吸的人，他是如何把我们送出水面的？

我不想弹《霓裳羽衣曲》，也不想弹《霸王卸甲》，更不想弹《雁落平沙》，我想在《月儿高》时，把仕途中的父亲救出来。

"五十弦翻塞外声"，碧翠蜓，我的王，请照顾好我的小叶春蜓妹——

这一生，哪怕看到父亲临终前最后一眼，今生都不会遗憾。

纸是死的，梦是活的，白露的味道甜美，芦苇叶的船儿漂亮稳当，我可以安然渡过红河。

妹妹，别把蜀葵黄纱裙哭皱了，灯蕊里我存了许多蜜，

镜子里寄存了许多封信，想我了，就把信扔到河流，我就能在遥远的天边收到你的祈祷，收到你的思念……

十月的月光是一把胡笛，流水的声音从那里缓慢进出，

秋风的水面，没有蛙鸣和稻花香，只有秋虫低低的呻吟，

所有温暖的事物开始离我越来越远，月光被一双忧郁的手扭结成焦虑和不安。黑蝙蝠突然全体出动，啸啸楚歌，水阔鱼沉，万叶千声皆是恨……

在星光凋零的地方，我终于握着了父亲一只苍白的手，

然而他很快与东方鱼肚白融为一体，这一生都不可能再见到他的脸，听到他的声音，因为他很快地被时光的大手强行按进了泥土，

我只能听到他疼痛的喘息，那是从草丛里传来的。

妹妹，你所看到的河流，是一把刀子，它锋利地穿过我的胸口，划出一尺长的血痕，伤口是用母亲的哭声和你的微笑缝合而成的。摇摆的波浪里，时光见证了最真的亲情。

4.黑翅王蜻蜓

　　妹妹飞上了我的婚床，我压抑着内心巨大的苦涩，微笑着离开。
　　胸口的浓雾像大棉被，将红河谷包裹得严严实实，干净透明的小红河低低地呻吟着，像妹妹的初夜。

　　香草丛里没有哥哥，也没有我，只有两只蝴蝶上下翻飞，
　　我没有哭，但苦菜花却哭了，我想低下头来倾听它们，更大的黑雾将我裹起而飞，我被黑翅王蜻蜓掠走当压寨夫人……

　　黑大王，我不当压寨夫人，也不当花肥，
　　请允许我顺着那根朝向阳光的藤蔓，寻找治愈我脾胃虚弱的药，
　　我不想在此处看到自己暮年的影子，如果你不想我孤独而死，放我自由，让我寻找自己的寺院。

　　你待我越好，我身上的债务就越重，我如何才能用世俗的心飞越那座火山？我就是为那朵荷的绽放而诞生的，荣与枯都是我自己的选择，如果我的选择是对的，明年的冬季，我愿意化为两枚莲心子，做你的补汤。

　　如果你想强硬，我只有折断双翅，把血流尽，
　　我仁慈的大王，请你放弃对一个人的爱，去爱更多的人，
　　你的臣民、你的宫殿和家园，都需要保护，而属于我们的天空和水域越来越小……

　　在六字真言里，不只有燃灯人酿造的夜色，有铺路人的慈悲，有看林人的曙光，还有我的喃喃的启悟，如果我能健康地返回来世，
　　我愿意中你爱情的毒，为你生一场爱情病。

5. 彩裳纤腰蜻蜓

摆脱了一个黑大王和他黑风纱的魔掌，我终于来到了自己的故土，
傍晚的河流在花朵和马蹄之间漫游与吟唱。

向日葵停止转动巨大的脸盘，夕阳送给它一条金色的佩尔斯小挂件和金色的围巾，纤腰蜻蜓步履轻盈，欲语含羞，红润的脸在向日葵的胡茬上蹭来蹭去……

一棵香樟树的浓荫慢慢吞没了整个村庄，
那片红高粱地里飘来了唢呐声，飘来哭啼和仇恨。
我进不去了，火红是用来燃烧的，直到尘埃落定，纤腰蜻蜓脱下素洁的小短裙，赤脚奔跑在小红河的九曲十八弯里……

早起的太阳抚摸着向日葵的脸盘，鸟鸣快要被晨光融化了，
小草的眼泪快要被风干了，纤腰蜻蜓到处搜寻香粉、彩笔、唇红、眼影，搜寻牛奶、面包、饮料。

"上善若水，水善利万物而不争"，我与野扁豆达成了生活的和谐，
为一片向阳的山坡制造大量音乐和美味，纤腰蜻蜓在火棘树的红果实上跳《霓裳羽衣舞》，那时这里碧波万顷，我在春风中荡漾……

当晨曦第三次绕过我的足踝，攀爬上我的臂弯，
碧翠蜓，你是那盏为我燃烧的灯，是我返家的路。你的微笑是我的，你的哭泣也是我的，你就是我的生命。我为你死为你舞。

我还能给你什么呢？送给你马鞭草紫色的婚床好不好？
给你生一堆孩子好不好？

6. 黑翅妖婆蜻蜓

她黑黑的翅膀下面，藏着许多仙人掌刺，刺上剧毒无比，刺入肌肤找寻不见，五步而亡。

她还在那条水渠边，豢养了三只豹子、两条巨蟒、一只狐狸。

那条水渠时常发出奇怪的恶臭，常常瘟疫一样向外漫延，花儿没有花期，蚊虫泛滥成灾，人类不知其因的死亡，鸟兽不知其果的腐烂。我决定与彩裳纤腰蜻蜓回她的家乡，到火山寻找风火珠。

伊河水是神水，是圣水，我在这里终于洗去了一段恶心的记忆。

我曾在一朵紫色的夕颜花里喝水，雪的羽毛提前飘在我的领口，我被一个小偷男人的灰指甲劫持，我不得已献出了十八岁的牙齿和唇。

彩裳蜻蜓谙熟这里的地形，我们乘月色，渡伊河，穿迷雾，逃过鹭鸟的法眼，掠过龙门石窟的前世的焚音，飞过白居易居住的香山红叶。之后，天气朗晴，适合听禅诵经，适合结绳洗浴，适合平息内心的硝烟和战火。

在火山顶，我们拼尽身上最后一点力气，取到风火珠。风火珠在变质的水渠上空射出万道光芒，黑翅妖婆蜻蜓很乖顺地交出法杖，显出蜉蝣丑陋的原形。

这里很快恢复了原来的自然风貌，大地清新，天空盈蓝。山还是那山，水还是那水。我们逆流而上，御歌而行……

人生的十字路口，只有母亲真切的呼喊。

我所能记起的名字越来越少，经过这次征战，我的季节迅速步入暮年，我开始害怕衰老，我想生一堆儿女，我不想孤苦无依。

7. 闪蓝丽大蜻蜓

我加快了飞行的速度，

因为我想在霜降以前，赶到月光湖边深情陶醉一次。

秋收后的原野空阔辽远，风越来越干凉，没有了桂花酒，琥珀杯，

"此心安处是吾乡？"我伏在一棵水边的莎草球穗上，为寻不到知心爱人，黯然神伤。

一只闪蓝丽大蜻蜓飞来了，他满意地在我身边旋转飞翔，

他在勾引我，我喜欢他身体的蓝色，喜欢他眼睛里的蓝翅膀的蓝，总之，他的蓝是一种诱惑。我抵抗不了。我跟随他飞翔，练习弯曲身体。

我开始心慌，怕他钩不住我的头，怕他用力猛，将下肢折断了，

其实，我的担心是多余的，在蓝墨水一样的世界里，他涂抹给我很多的蜜，给我豆蔻梢头的粉红。

我们是羞涩的，羞涩中大胆地尝试性爱的和谐。

他用腹部末端的抱握器触摸我的头和胸，我的身体软软地向前弯曲，他很轻很轻地将我的尾部按接到他腹部第二节处，我们紧紧地黏接了一起，黏接成爱"心"。

我们的身体完成了世界上最美的造型——琵琶——爱心——

弹琵琶的手是他，也是我，我们上下翻飞，不知疲倦地飞。我们始终保持一个"心"形，我们腰身的弦丝始终在绷紧振动鸣响的状态。

我们的心是蓝的，飞行的路线也是蓝的，在蓝色的波浪里，

我的尾部的小口忽而从极大到极小，再从极小到极大，我分不清上与下，左与右。我们一首完美的歌。

第四章　生在水中

1. 第一月

母亲将我种植在水里，
我在她柔滑的胎衣里，接受日光、月光和水光的抚摸，

那时母亲在那片田野上日出而作，日落而息，
而父亲总是躺在芭茅草底下，与秋虫低语。那时河底的沙粒和枯枝叶亲
密无间，总有鱼和鸟游行在我身边，怀着仇恨的眼神，

那时我的灵魂站在躯体之外，看着我自己慢慢卵化出三对足，但头和身
体仍然连在一起。我是只没有脚的小虾米，一个人躲在水草深处，身陷荒
凉。我只有抱着枯草叶长久地睡眠，才能摆脱芦苇叶上惊恐的眼睛，躲避突
然飞来的花脸鱼。

时间在水的流动和水草的拂动之间旋转，并扭结成钟声里的火花。
我时常看着岸边的柳树下，有人钻木取火，有人结绳记事，还有人将兽
皮穿在身上。
岸边的鹅卵石"千粒万粒，沿岸而立，并肩沉默"。

有很多的牲畜，在黑夜到来前，来到我的身边凝视我，我知道它们看不
见我，而我却能看到它们绿莹莹的大眼睛里，噙着闪光的小星星，

挥鞭子的少年抬起俊帅的脸庞，他可爱的影子里，有月亮的暖意。
我聆听着田野里遥远的牧歌，却离不开水中的黑暗。

2. 第二月

水中也是战场，赤眼红鱼对准我的头部，鲶鱼对准我的腰，

我常把自己固定在岩石或水草上，利用身体的保护色，让那些想吃掉我的家伙，误认为我是一棵青嫩的草，或掉落的枝条。

阳光在额头跳跃，月光在水面上浣纱，

岸边那个女人的乳晕多么美啊，她的脸上开着两朵桃花，

在她低头的温柔里，河水里的鱼都醉了，都决定向夜晚的灯盏游去。

我想象着未来我的模样，在日落时分的手臂上，鸟鸣带走了一部分寂静和喧嚣，那甜美的声音总是一路向北，或一路向南。

这是我第一次褪去黑褐色的皮，下唇很像面罩，其实是我的捕获器，有人叫我"水乞丐"，我讨厌以貌取人。我的身躯看起来十分纤弱，弱不禁风样子，但我也是个肉食主义者。如果见到小螺蜉蝣等这些小害虫，我会突然从尾部的三片鳃释放体内过量的水，身体猛地向前冲，一口吞掉它。

有的同伴被鱼吃掉了，有的爬上了岸，从此不知去向，还有的飞进了城市，劳苦的生活磨断了它们美丽的翅膀。我多次想到了成长的忧伤，如果时光可以静止，水可以倒流，我能回到最初的陆地吗？

我成不了千古，回忆也总是被月光和流水运送到远方，

我在水中一块自己的小地盘，沉默寡言，向往蓝天。

讨厌的入侵者常常按住我的呼吸，按住我的心跳，甚至按住了我蛇一样的腰身，我一动不动地等待死神取走我的魂魄，但又很幸运地逃过了一次次劫难。

我有什么办法呢，这是达尔文的自然选择，

我常常在它们拍起来的水花里，闭起眼睛朝圣着佛光里的珍珠，

毛茸茸的星星们像千万个摇动的铃铛，将我枯竭的生命救赎，从此我酷爱晴天。

3. 第三月

我是镶嵌于大理石的花纹，是生长在它心口的一棵树，
我是它的思想和灵魂，绿色的光线跟随我慢慢成长，
我是那一段艰难岁月里的辉煌。

我的姐姐，不能忍受水中有限的氧气，不得不游到水面生存。
在她最后的日子里，希望像肥皂泡一样，破裂了她残存的最后一点生存
的欲望。她已经没有能力，游到水面的藤条上。
我用了吃奶的力，将她举过头顶，但在她脱离水的时候，用尖利的指甲
将我的脸划破了。

我在大理石上日夜给自己毁容的脸疗伤，
肌肤之痛可以慢慢愈合，然而内心的伤痛，在每个孤独的夜晚，像鞭子
一样抽着我的心。我曾将干净的流水，会唱歌的青蛙，会跳舞的红莲，软绵
绵的沙床，美餐（小鱼、蜉蝣、摇蚊、孑孓等）都让给了她。

当我用仙人掌的刺给自己的伤口缝合好以后，
有很多的苍蝇在我头顶旋转，我的大脑已经承受不住过多的雨了，
凶狠的毒刺像玻璃碎片一样落下，我的心因为寒冷而变得沉重，
世界上所有的人都成为陌生人，我对自己也十分陌生。

这块大理石是我的镜子，它取走了我的梦魇，
取走了水草里被种植的暗伤。我数着手心里的沙子，像数着无数个滑落
的日夜，无数个阳光里的泪滴。在缓缓关闭的大门口，夕阳吐出万条柔软的
金丝线将我捆住。
最美的时光不是蛛网上海水和盐粒，而是穿着粘满花粉的裙子，听一人

的琴声惭惭将黑暗擦亮。

　　我彻底松手了，受伤的灵魂飞出那片危险、不祥的沼泽地。

　　我开始小心地监测我的四周，因为在很久以前，这里有位落水者，他的剑被神雕提走了，

　　他的身体悄悄长出了苔藓和孔雀尾芦苇叶，他时常像蒲公英一样飞来飞去。他看不见自己，他的河流是静止的，他生锈在神话里。

　　我时刻提醒自己，在氧气变得越来越稀薄的今天，

　　我必须控制体重，控制饮食，以及尾腮的呼吸量，我必须穿越那层密实的渔网，因为我还有一件重要的事情要去完成。

4. 第四月

这是我一个人的沙漠——

这里再无其他生命，也没有任何绿色植物，月亮的镰刀在收割我所有的憧憬和幸福，

有很多的姐妹兄弟被人类捕捉，被做成美味佳肴，
我痛苦于那根柔软的稻草将我缠绕在水里，
时间如荆草啊，像刀一样划到我的脊背，我无力反抗那些向我们伸来的绳索、渔网和刀叉的人，

当我的意识如藤条一样向着月光蔓生出一条路，
那些嗜血的饥饿的唇又像黑暗一样向我压下来。活着，就是要不断地逃避陷害，逃避宰杀。每走一步，都如此艰难困苦，如此不堪凌辱。

当太阳穿着金色的舞鞋将我踏醒的时候，
我流出的不是血，而是怨恨和叹息，
我没有家，没有门，没有钥匙，没有可以让我恬然安睡的床，
我看到露水一滴滴顺着芦苇叶滑下，像母亲的忧伤，消融在水中。

我祈求过温暖的火焰，和青瓷碗里的音乐，
我想离开岩石、沙粒和灰暗的淤泥，但我是个婴儿，孩子，未成年的聋子，甚至是还没有长出性器官的水虿。

这是第八次蜕皮了，我分明感觉到有梦的呓语钻进我的皮肤，
只是没有人会在我重复的音节中，体会我对光芒和美的渴望，
我的青春，在水中的沙漠，冰冷地度过了。

我发现了一块蜻蜓化石，这是我的祖辈在侏罗纪时期的巨大化石，

我与它们有着相同的翅膀和体格。

我庆幸自己也是天气之间的灵物，

是经过岁月的沉淀、年轮的坎坷，磨挤出来的尤物，我开始喜欢这些被沙石敲打出来的印痕和寂寞。

那些被日光暴晒出来的尖刺在我眼中慢慢消失，

我开始在自己诗意的面包上制造美丽的舞曲和香水的毒。

5. 第五月

这里的阳光和空气是我的。

当我再次醒来的时候，严寒已经过去，春意在鸟鸣中醒来。

我已不记得我曾用石头敲打过黑暗，

也不记得我曾像疯狗一样咬着黎明不放，我豆蔻梢头的年华在那片沼泽里囹圄度过了，半夜里我常为自己鼓胀的胸部激动不安，

我常在梦呓的夜晚被月色的吟唱抚摩得寂寞难耐。

三月是令人羞耻的，梅花开了，迎春花开了，桃花杏花也跟着开了，

它们都袒胸露乳地向我开，我裹紧自己的胸部，害怕被春风吹裂，

当我的妹妹还在别处，丫鬟一样替别人打扫庭院，收拾家什，

帮助草丛里的飞虫策划丝绸路上的光环。

我用尾鳍和脚赶走了寂寞的盗贼，

用火火的嘴唇窒息了所有的花朵和蜜，我跳出生活的磨盘，

终于拥有了自己的天地。没有寺院，高塔，没有小红马的酸枣树，

这是一块人迹罕至的，没有受到污染的世外桃源。

我想要小鱼、小虾、小螺，我想要的发芽的水草和如烟的苔痕，在这里，我想要的，都能如愿以偿。

"一悟众生是佛，不悟佛是众生"，原来幸福如此简单。

如果不再有什么惊动我头顶的那片天空和水色，我想一直睡到明年，睡到妈妈来认领我。

可是，我的翅膀在躯体里蠢蠢欲动，我的性器在腰部不停在扩张，

我的终点不应该在沙粒上，而应该在柔软的红地毯上，我的秘箭应该射向哪一颗星星？

这一晚，我睡在春风的落叶里，想到了雪和霜，

想到了水中的厮杀和无边的黑暗，想到了岸边那位有着俊俏脸庞的男子去了哪里？

这个季节，所有卑微的植物都得到了很好的生长，包括我的孤苦和寒冷。

双桥边的那盏灯总是亮了又灭，灭了又亮。

当我把青蛙的酣叫拿开，把蝉鸣拿开，把高脚杯的碰撞声拿开，我似乎听到母亲在岸边推磨的声音，那声音像雷声滚滚而过，

又像露珠滑过我的腰际，又像汩汩流水，从我的双唇贴过……

这个季节，我必须好好地成长。

6. 第六月

河流里暗黑的青苔，静静述说着岁月的苍凉，

我没有被它们覆盖，独自沿着竹节草爬出了水面，

星星们捞走了姐妹们的不幸、死亡和饥饿，

月光滴漏下许多生活的烦恼和无可奈何，我守着自己的孤独，直到体内封存已久的洞穴全部打开。

夏风里的灯光、炊烟，及槐花树下乘凉的大蒲扇都是温暖的，

这个时候，我体内的热浪高涨，开始梦想水中那双圆睁的眼睛，

那无尽的幽怨，都是我曾经拒绝和拥有的，也是我疼了又疼的。谁能比我更早地获得一树槐花的热爱？

我听到远处的火车携万吨的玫瑰雨露而来，又携千吨的香气而去，

那声音压在我母亲的目光上，压在我祈祷的月色里，轻轻滑进了原野。

我又一次看到自己，在时光的磨盘里旋转，直到身体变成僵硬的雕塑，

海风不停地吹来咸涩和苦，我一个人品尝着死亡的气息，

直到我没有了呼吸，没有了心跳。

蜕变的那一刻，我的灵魂独自拖着干瘪的身体，在暗夜里走……

没有人知道我用了多大的力，才挣脱了牵绊我的漫长的黑暗。

其实我从来就没有离开过空气和水，没有离开过生我养我的土地，对我来说，空气就是水，水就是空气。

前半生生活在水里，后半生生活在空气中，

我是溪水边的孩子，是六月的一双脚，是车痕里的叹息，是礁石上的花朵，是抱着火焰飞翔的种子……

失去了幻觉、听觉、视觉的我，只留下了一颗敏感的易碎的心。

失去了亲人姐妹的我，只留下了一具传宗接代的身体。

我的夜晚为何没有蛙鸣？路边为何有那么多人在哭泣？

镜子里堆满了云雾，我的母亲还在哪里劳作？

多么荒芜啊，当我把身体暴露在风中，星光只照亮了我的前半夜，而后半夜是钟声和木鱼的嘀咕，

月光带来慈悲的人，又带走了慈悲的人，

我的出生，没有人对着我微笑、欢呼，没有人为我挂灯，结彩。

出生卑微的我，独自对着一条小河轻轻叹息，原本属于母系氏族社会的我，怎么会成为男尊女卑社会里最不受宠的幺儿？

没有人能管理好自己身体里的马匹和雨水，包括我自己。

大风送走了村东头年龄最大的老人，也送走了村西头年龄最小的还未爬出子宫里的孩子。这个社会不能容纳他们，黑暗的地下或水中，或许可以。

这个季节，我的天空里一片忧伤，我爱过的人，通通走进了经书里，

一盏一盏的路灯，如纽扣，紧紧扣住那些想要找到黎明的人，

我在黑暗中，摸索着，剪开一层层樊篱，让梦想一次次逃脱，

我的灵魂非常自由，似乎离那群饥饿的人越来越远……

7. 第七月

那一阵风，将我后背撕开一道口子，
像给我的生命打开了一道天窗。在黑暗里跋涉了这么久，
终于我看到了黎明的阳光和红硕的花朵，我的眼睛刹那间湿润了……

从自己的套子里走出来，就必须用尽毕生的精力，我不后悔，
我做好了冲锋的准备，我的目标是快速而优雅地飞翔，让一些高贵的品
质继续在生活的抛物线线上留存。

夏风吹着我回家的路，黄昏里的夕颜花，沿着清晨的雨露，返回到春声
里来。那些被黑暗蒙蔽了的眼睛，也将在我跳出深海的瞬间重现光明。
花香澎湃，青草繁茂，多美好的世界！
我开始与临近身边的蟋蟀重新获得认识，开始与鹭鸟、麻雀和蜘蛛们获
得和解。
我感觉这个世界在向着天堂无限靠近。
我看到新生的叶子开始扩大地盘，小杨柳在扩大自己的阴影，人类在扩
大自己的城市和村庄，我也在拉长着自己的身体——

快了，当我把蛇一样的身子全部抽出来的时候，
我就是天地间最美的女人，过去所做的种种努力，现在终于得到了回
报，如此美丽的蜕变！

我忘记了先前那个漫长的黑暗的水中，曾经的汗水和屈辱，忘记了被火
焰煅烧过的疼。我的知觉返回来了，我听到了身边琴弦上的舞蹈，闻到了栀
子花香，看到那朵阳光里的小荷正朝着我微笑示意……

我就要成为世界上最美的豆娘了——

你一定要等我到来春，
我要最先给你一双指若柔荑
的手……

第五章

第五章　蜕变以后

1. 蜕　变

当我用尽全身的力气，
从伤口里挣脱出来以后，暗沉的过去已经浓缩成空空的躯壳，
我趴在自己的胎衣上，不知道是哭还是笑。

我是柔弱的，也是清醒的，
我怀抱着月光送来的怜悯和关爱，将翅膀里多余的水分强压进身体，
我的翅膀开始变得薄透，变得流光溢彩，我成为唯美高贵的豆娘。

我的翅膀上有许多隐形的痣，这有利于我多变的飞行，
我从不惧怕风暴，特别是那些玫瑰花丛深处摇摆的舞台，
暖风洗去我一身的疲惫，阳光将普照大地，明天的我，将会更美。

我闭上眼睛休息了
没有人相信，我的眼睛闭上也是睁着，我睡着也是醒着。
我所跳过陷阱，仍在那里，跳过的火焰，仍在燃烧，
没有人看见过我一颗清贫而火热的心，深深埋在永不言弃的汗水里。

想象的深度就是实践证明的深度，我常常逃离想象，
多年以后，若有人朝向我的躯壳走来，我不会畏惧暴雨和雷声的大小，
我会拿起一个放大镜，将蜕变的秘密一点一点挑给灯光看。

2. 蜕变以后

请把我的眼睛，耳朵，嘴巴都拿走吧——
现在我只想要一张足够大的床，我睡在上面像睡在安全的棺材里。

曾为虚伪的欺骗和可悲的虚荣流尽了心口最后一滴血，没有后悔过，
曾为逝去的尘埃和低到尘埃里的慈悲，将一杯酒饮到了路的尽头，没有
后悔过。

但我后悔过——
父亲被一张黄纸裹住整个身体的时候，我痛苦得没有流泪，
没有麻醉的情况下，一尺长的刀口被医生用止血棉反复擦拭清理的时
候，我没有哭。被过河拆桥的人用石头砸破了心脏，夜夜捂着疼痛的胸口，
我没有哭。被他舍弃，又被他苦苦找寻，我按捺住内心狂热的心跳，装作形
同陌路。他走进永远的雨里，再也没有返回。
一切的一切，都过去了，夏风提前来到了我身边，

汹涌的绿像一团巨大的云雾将我包围在小红河边。
我看到许多的梦想，在云雾里左奔右突，我的爷爷站在岸边，用一个橡
木吊桶打捞水面上的晨曦，再一桶一桶浇灌到菜地，
在那里，我看到成排的蔬菜们，清新的舞姿令人迷醉，我一一抱了抱它
们。其实，我与它们一样，对水、空气、阳光和土地有着无限的热爱。

我不想再睡了，
既然死神不要我，我只有将大地上的黑暗和光明再爱一遍，
直到内心那片结实的沙漠，成为绿洲，成为家园，
成为一个豆娘家族的领土。

3.有　时

有时，我会为断掉了尾巴的梦，叹息不止，
焦黄的过去成为一把双声笛，我觉得灾难和伤害也是一种修炼。

秋风紧紧地扣着我的房门，在一千万个问候之后，
我依然与一只猕猴桃对坐许久，如果没有第三者插足打破这种平衡，我会与它一直对坐下去。

第三者是一条狗，它用雪白的狐狸毛招惹我内心落下的黄叶，
秋风终于挤进来，突然卷走了所有的静寂，我为那个亲我吻我跑得比死神还快，比雪融还快的盗贼，气愤不已。

我开始擦除暴露在上面的事物，比如，香槟、刀子、蜜蜂、子弹……
不管我怎样擦除，它们总像我呼出的气泡，沿着杯沿向四处攀爬，我不该为一次断翅哭泣，

我不该为一次流血的秋风，而让黄昏去照照流水，
对花喂酒，我都有无限的激情和爱，谁来吻一吻我薰衣草般寂寞的手？
青瓷花瓶是没有幸福与忧伤的，但它仿制了我的脆与薄，

我喜欢，给花瓶装水，换花，然后一个人静静地将它高高地抚摸，
像抚摸着我白瓷一样的内心。
我什么时候才能在微醉的人间，找到身体健硕魁梧高大的男人，
当他抱起我回家的时候，所有苦难都离开了我们。

4. 残　缺

和一个聋子有什么道理可讲的呢——
我将一个很简单的道理分割成许多个手势，每个手势代表可行的路标，
我引导着他擦过每个可以信赖的路标，这绕过来绕过去的毛线球，
最后，我自己都不知道路的尽头，是否还有光芒燃烧。

倚靠着小轩窗，心如刀割，一段伤心的春，尽在眉间，
马蹄声总在路上，我惶恐于过少的灯油，它总燃烧到我的咳喘里，
我常在黎明鸡啼时分，为他搬梯、搭桥，
从秦镜里的黄昏，到苏东坡的微雨小池塘，我折弯了三次腰。

和个哑巴有什么好交谈的呢——
玫瑰花园里的花儿都开好了，面包和蜂蜜都在理想的高处存放，
我总在骤雨初歇的刹那，看到霓虹灯里的船，载着许多死亡的灵魂穿过
眸光，向黑暗驶去，
那些紧张的恐怖的白脸黑脸也都在烧焦的发丝里，变成灰烬。

一个内心残缺的人有什么可治愈的良药呢——
被推倒的悬崖、被填平的沟壑、被缝合了的忧伤，都在喃喃的祈语中消
失，面对一个即将走向死亡道路上的人，还有什么罪恶不能原谅的呢，

我只是替他们永恒地合上眼皮……

5. 夕阳桥

麦子将一只胳膊伸过来，当成我的桥，当成我柔软的床，

西沉的太阳，扯着我靓丽的发丝，让我疼，让我美。疼与美，成为我内心一对角逐的力。我喜欢这种力，我为美和醉生一场难以救治的病。

在海边小镇，有我爱情的双虹桥，清澈透明的莲心湖，

我吃着樱桃写着诗，内心满是羞愧。一个从未开垦过土地，栽种过果树的我，竟然把别人的汗水当成蜜。除了环绕它一圈一圈地飞翔，我能为这个小镇做些什么？

我把这里的农民写得腰酸背痛，把这里的河流写得波涛汹涌，甚至把这里的女人写成了浪花。我羞愧啊，在这些包裹着彩色头巾的妇女面前，

她们弯腰的姿势，擦汗的姿势，咕咚咕咚喝水的姿势，多么美！

此时的夕阳不是茶水里的温馨和浪漫，而是炙热的思考，

我握紧的笔是假的，笔尖流出来的泪也是假的，被泪水溽湿的天空也是假的，只有母亲为我种植的那一粒粒小红豆是真的。

世界上我要舍弃的东西很多，

唯有走向母亲家的那条路我不能，唯有孩子走向我的那条路也不能。

在路上，我偶尔奔跑、散步，偶尔睡眠、休息，我很美很美地走向衰老与死亡。

嗨，就这样滑下去吧，我要留给小镇一些笑声和眼泪。

我要把神在小河面上呈现的事迹，无所保留地翻转给母亲看。

6. 更好的选择

麦芒间有母亲穿针引线的温暖，林间有父亲伐木声声的悸动。

东山种茶，西山养蚕。溪水边有黄昏和院落，院内有鸡舍，院外有猪圈。木格窗外有蛛网，桌安上有诗书。

这是我的家，我心灵的宫殿，诗意的栖息地。

在这里，我把忧伤踢出红尘之外，

舒缓愉悦的佛乐像大把大把的光线铺盖我满身。秋虫的低吟与鹭鸟的谎言也都接近了重生。

我在佛的掌心里，感受万物以莲花的情怀向我涌来，

又以珍珠的光芒向黑暗逝去。我所承受的痛苦已铸成大理石的雕塑，时间像水一样在每个汉字上不停冲刷。

方寸之内，我弯腰踢腿，将尾部弯到头部以上，手臂伸向无限远，

尾部可以弯到头部以上，手可以伸向无限远，意识达到真空和真无。在每个冥想的瞬间都达到无限的寂静和绵柔。

瑜伽经里，我达到身体、心灵与精神的和谐统一。

我跟随一朵野花，慢慢地开，慢慢地落，

在这个枯竭的世界里，新的神经和力量不断萌发，我又一次获得温暖的重生。我听到体内的血液顺畅地流淌，像奔腾的长江水撞击着岸。

我透明的翅膀不断地收拢着掉落的星光和秋的碎语，

我努力寻找一个安全出口，在黑暗来袭之前，我必须把善良、爱和美都送出去。最后，我将身体贴近父亲和母亲的声音，我亲昵地抱着他们，我将外出很久才能回来。

|第五章　蜕变以后|

7.回　家

飞了这么久，我累了，
一片半青半黄的叶子成了我休息的沙发，汗水里的灯光，
摇曳着这个世间的冷酷和无情，我没有在镜子里照见前世和来生，

远处的嘈杂和虚妄慢慢被灯光收进书本，时间在那里慢慢品出咸味，
是回家的路过于遥远，还是自己把自己跑散了？
我无法想象故乡被雷电劈打得红肿的脸——

一条黄泥路一直通向墙壁上的画里，一直通向那里的天堂，
我时常攀着凳子向院外张望，许多人从遥远的集市回来，背着热辣辣的
太阳一脸惆怅。父亲黑沉沉的脸，无限地接近浓雾里忧伤的菜畦。

我时常在给他买酒的路上，把空空的酒瓶当成时空的喇叭，我希望把睡
眠中的人为叫醒。这个空酒瓶，只能替代望远镜，我透过瓶底厚厚的圆镜
片，看到父亲舒展的笑容。

父亲走后的那个晚上，我把所有的酒瓶摔碎了。
我赤脚跑在这些碎片上面，那些血一直流在我的记忆里。
我还要飞多久，才能看到父亲从槐花树下走来？伸手抱起我，让我骑在
他的双肩。我怀念在他挺拔的肩膀上像个天使一样的幸福。

父亲，你知道吗？你离开了多久，这个世界就冰凉了多久。

第六章　依然春衫

1. 依然春衫

黄瓜藤是能够穿过白云，与星星交谈的神藤，
是能够将紫云英里的忧伤梳理成风的乐器，每一片叶子都长着与大地交谈的唇，每个唇都有木鱼声声的禅悟。

这是一根从清代乾隆皇帝的篱笆延伸到现在的黄瓜藤，藤上开满了小黄花，仿佛是我内心多年缠绕的结，终于绽放出来了青涩的嫩黄，
又像我阔大的内心携带着二月温婉的闪电。

太多燕雀的鸣叫像极了明末清初时期秦淮河旁边的吴侬软语，
我听不明白，但又非常害怕，尽管我的身材肤色与黄瓜藤非常接近。我等待高处的花开，等待稍头豆蔻，我将头戴花冠成为最美的豆娘。
最美的豆娘能躲过蜂鸟的眼睛，顺利地穿过蛛网，
能在螳螂面前抵挡它凶猛的砍刀，安然无羔地逃脱。

我的生命是被时间选择的过程，我总能在阳光普照大地的时候，
筛选出体内的珍珠，轻轻抖落世俗的灰尘。

我的珍珠常常被置于灵台，接受佛光的检测，
之后，它便是人类疗伤的药，我幸福地疼着他们的疼，暖着他们的暖。

在这个牧神午后，我又吞进许多沙粒，
我将要更好地完成一次内心的蜕变，吐出更多的珍珠。

2. 心 魔

事情并不是你想象的那样顺利，生活也不是井井有条，
我关上窗户，像关闭身体的某个漏洞，
我抚弄兰花弯曲细长的叶，像安慰内心的最柔软的部分。

一个人的房间，要用诗歌和花朵将身体的缝隙补缀完整。
十几根漏风的肋骨都像待修补的篱笆，我站在岸边看着慢慢腐朽的它
们，无可奈何地低下头来。我畏惧时间的刀片，一片一片刮割着它们。

尽管这里的土地丰饶富足，植物们枝叶繁茂，花鸟鱼虫各有所爱。
我惊悚于远处的猫头鹰，动人心魂的长鸣，想象着那被它强烈的目光刺
伤的小白兔。
我感叹于时间在飞翔与奔跑的瞬间停止。
一只小狐狸躺在我体内，翻看我的旧历，抓我的心，挠我的肺，它让我
无比憎恶。它是我的心魔。我不能很好地控制时间，不能很好地在时间这个
大罗盘上，想我所想，爱我所爱。

它侵犯我，如同猫头鹰与小白兔之间的竞争。
它从来不在乎我是否病中，它索要我的时候，就认为我是马，或者骆
驼。它侵害我，是出于本能，而我想打死它，只能出于意念。
我打不死它，在痛痒不安地方，我的生命也岌岌可危。

我只想兵不血刃而统一天下，只想给父母儿女一个好处所。
哪怕用身体的一半交换另一半，但一切都是那是无望的馈赠。

我的身体将被它完全占据。那一天，我将彻底走向黑暗。

3. 时光如水

经过时间之鞭的无数次摔打，我体内的蝴蝶已经统统死去，

然而我的肤色没变，仍然如一朵红蓼花那样轻盈优雅。

当我被远方的月色牵着拐进旧巷，他突然抱紧我，吻了我，这也是我想
要的激动。多年以后，在串串清脆的铃声后面，他仍不懈余力地帮我摇起最
美的水花，

我想我是爱他的，爱得落寞，苍白。

然而时间里没有记载下他的痕迹。

在今夜，窗外雨和雪相继地落，我仍不能彻底说出我的悲伤，

我所描述的悲伤也只是我悲伤的一小部分，他永远都不会知道我美丽优
雅的背后，积压并隐藏着多少个季节的雨水。

我每天望着对面那只蓝尾蜓，在风言风语里弄脏了自己洁白的皮肤。但
她很快乐，因为她终于找到了通向水城的路，那是一条幸福的死亡之路，

她唱着歌死去了，她再也不贫穷不富足了。

在她再也不能将怨恨移植到我的头上以后，

我发现珠网上的一具冰冷尸体，像极了我的亲人。此时，有一股悲哀的
飓风透过蛛网打到我的脸上。谁能在此刻看到了我的伤悲，对这个世界的伤
悲？

这个世界肯定还有个人，在遥远的某处，看着我，

因为阳光的舌尖上，总有股香甜的味儿，有股让我急切寻找的味儿，

在那一万朵的蔷薇花蕊里，成吨的蜜都是他为我酿制的。

4. 只争朝夕

"世界仿如一梦，一切都在游动，一切都在混沌中，持续着自己。"

这被蜜甜覆盖的河流、城市，总在风里缓缓摇晃。
一条路是一棵树到一朵花的距离，是从黎明到黑暗的距离。

在那条路上，有人将我推进黑暗就走了，
她让我欢乐悲伤过，让我爱过死过。让我彻底绝望。她犯下的罪是可以宽恕的。

而她对我下的诅咒，及对这条路上其他人所下诅咒是不可以原谅的，所有人都生活在水深火热之中，都生活在死亡的边缘。
在一家美式餐厅，她用刀和叉麻利地将一头羊肢解，喝掉万元的酒，吃掉两盘豆娘幼虫。她体内全是冰，她不爱任何人，只爱她自己。
我只想用一把纸扇来改变豆娘的命运，但我的翅膀和纸扇都被烧毁。
怎么办呢，难道会因为她的存在，只剩下骨头的寒冷。

我的王，你在哪里。你要来救我，救我们的臣民。
你要把春风赶来，要把符咒揭走，要让河流解冻，让大地开花开果。让我们男耕女织，让孩子们继续在红红的野草莓上享受天堂的盛宴。

亲爱的，从现在起，我开始一心一意地过好每一秒，保护好身体，就保护好未来我们的家，我要将每个平淡的日子过得浪漫诗意。
只是，这细瘦的腹部，扁平而没有秘密，我该怎么办？

5. 哀而不伤

是可以将悲哀从笔管里挤出来了，

是可以将不能言说的秘密从身体里排泄出去了，

恨我的人走了，爱我的人走了，与我相依为命的人也走了，

世界是一个旋转的舞台。

不管一个人的翅膀有多华丽，肤色有多么纯净，那只是面具和外壳。

哥哥的蔷薇花只开了一个早晨就掉进了落日，

我应该在花谢之前离开枫香驿的，那被悬铃木悬挂起来的尴尬，成了我

睡眠前的颤抖。织梦女啊，你能不能将草地上的血迹擦拭成快乐的曦光？

我躺在那里的钟声，像雪花和闪电，像我的手臂缀满月光的叹息。

再也不抱怨我贫穷的出生地，抱怨早逝的父亲，

再也不抱怨夏风吹过红叶湖时，被阳光炙烤着的渗出海盐的黑皮肤。迎

着秋语的奚落，和泪水里闭塞喑哑湿润的小巷，我没有选择自杀。

在一朵初冬的石竹花旁边，我学着它的姿势，将美丽写在脸上，

我与它谈幸福，谈岩层里的灯盏和火焰，谈我绿如麦苗的心弦，

谈着谈着，我像一朵黄菊花一样，绽开在洁白的霜花里……

6. 涣然冰释

雪落之后，姐姐嫁出去了，哥哥分离出去了，
北极风潜藏在我的身后，拽紧我学习的忧伤，
日子挂在我的睫毛上，像接骨草举在手心的悲怆。

墙壁的裂缝更大了，
每夜都能听到墙那边，母亲捡拾月亮碎片时的喃喃细语。
当我把一个摇晃的影子第一千零一次涂抹在父亲回家的路上，
我听到窗外许多乌鸦的凄厉叫唤。父亲不会回来了，

我抱着寒冷的灯盏，抓不住任何一个抱过我的影子，
我的泪，一滴滴，流成了河，流成夜夜伸向天国的路。
我多么想像火炬树一样，在这个秋天，高举手中烈艳的大旗，
展示我没被父辈们的河流吞没的平庸的一生。

走在一地霜雪的路上，我发现身后的魔鬼对我步步紧逼，
我愤怒了，在冰冷的雪地，我疯狂地抓起雪球，向魔鬼砸去，
嘲笑没有了，讽刺挖苦没有了，饥饿寒冷没有了，甚至那个试图将我强
奸的黑衣人也没有了，它们风一样，从我歇斯底里的叫喊声中消失了。

睡在温暖的稻草堆上，盖着温暖的灰布薄衫，度过我人生中最艰难困苦
的冬天。

7. 母慈女孝

当我知道，我与成功隔着一个梦的时候，

在紧张的审判庭，我无端地睡着了，我败诉下来。

我在发烧的枫林里徘徊，许多的落叶脚印一样踢在我的身上，我无力反抗。铁轨不存在了，火车埋进了山洞，所有可行的工具都消失了。我还有什么办法呢？

在最高的山尖，一块石头砸伤了我，我拿着被血染红了的纸币，仿佛看到天空有天使来过。石壁上的文字都伸出长臂拥抱我，我感觉到了温暖的佛意，我仿佛听到：你是能够从炼钢炉里走出来，我是能够成为一块真正的红玉的，只要我能坚持……

我排干了体内所有的海水，回到低矮的茅草屋，

我开始深居简出，与时间为敌。所有人都以为我是个傻子、神经病，我淡淡一笑，内心想，你们才得了疯病。我要拼命学习，练习一身本领，我要用我智慧的手得到想要的幸福。

我晨耕夜读，直到一把梳子带走了我柔顺靓丽的长发……

花朵终于回到的枝头，我终于回到了圣地亚哥的春天，

妈妈将我送到河边，渡河的时候，发现她鬓边上的白发又增添了许多，我噙着眼泪，别过身子，我不要她看见。功成名就之后，我会再回来的，我忘不了妈妈的乳香——

生命最深处的温暖，被太阳风揪了出来，

河水冲过我内心的礁石，强劲有力的字迹卓然显现，母慈女孝——

灯芯草的妈妈啊，女儿将是你的骄傲。

我要把你带出这个贫穷的乡村，带到我给你建设的家园，让你一辈子衣食无忧。

第七章　暗香浮动

1. 亲，来这边

亲，来这边，那边已经统统卷入了黑暗，
我们的茅屋面向阳光，花朵团簇，左边是大海，前面是红心湖，
后面是遥远的我思念的北方，西边是向阳的山坡，我们的祖先安睡在那
里。

北方时常有雨，时常有雨加雪越过我们，去了南方，
我钟爱的西方，有一条虹河从晋地流来，一直流经我家的门前。
亲，当大海撤回它的脚，在那块开满珊瑚花的礁石上，我们相爱吧。

这是我们的练操场，如果你能感受到那被太阳灼燃过的腥味，
像我们咬过彼此的唇香，
请你一定要跟随海鸥的臂膀，在大海最深的圆弧里找到我，

请你一定要认准我身体的形状和大小，
我是你纸扇里的那一只，是立在小荷上，望着湖水发呆的那只红豆娘。

亲，你看，那只蜜蜂惊动了一朵紫色的喇叭花，它们要互相受孕了，
它们秘而不宣地互相裹藏，它们需要彼此，如同我们。

海水又要上涨了，白昼的丝衫揭开了我的梦，那一阵一阵的涛声，
那锲而不舍的沉迷与忘我，勾引着我。
亲，你快来这边，我已经把衣服全扔进海水里了。

2. 我们相爱吧

继续相爱吧，摇椅上的孩子们，
继续接吻吧，湖水里的影子们，
继续做爱吧，玫瑰花上的情人，

我看见了你们，就宽恕了昨天的冷漠和欺骗，
我比你们更早地脱掉了衣服，在土地的怀中，无比眷恋的满园春色。
是那棵风信子招引我，并对我施用了迷香。

有人抱吻我，亲我的嘴及身体，那迷人的气息令我兴奋，
狂怒的我，欢跳的我，诱人的我，突然在那个人的胸脯上，倾泻出我抑
郁多年的呐喊。哦，可怕的叫喊，将那个人吓得逃跑了。

在那个最深沉的夜晚，我留在自己的梦乡，哀求万物与我做爱，哀求万
物凌辱我。从花朵到花朵，从树枝到树枝，从海到海，在这个翠绿的国度，
我战胜了所有的圣人、君子、和疯子。

我懂得，今年的雨水让有理想的植物，开出怎样的渴望，结出怎么样的
果实。
我懂得大海涨潮上千次，不如身体和身体的琵琶，完美地弹奏一次。

我懂得碎过以后，体内那安甜的器皿里，开始孕育巨大的幸福。
我们相爱吧，不只用歌声和笑声，要用嘴唇和身体，
要用心弹奏，弹出高山流水，弹出大海与岸的痴迷和癫狂。

3. 亲爱的哥哥

在窗前，我读诗看报，偶尔取出怀里的小镜，

查看面颊是否有温暖的春色。有时一只蝴蝶飞来，有时一只小鸟叫唤我。都不听，我只想听桃花和流水的声音，我只想听到哥哥唤我的声音。

这个世界上能为我从远古寻找到现在的只有哥哥。

能为我停留的只有哥哥。我亲爱的哥哥，你要打马而来，踏月而来，骑着仙鹤来，快告诉我，你已经翻过几座山。

我生机勃勃的哥哥，大山一样葱绿的哥哥，携一只长笛的哥哥，

打死无数只狐狸精的哥哥，汉宫秋月、渔舟唱晚的哥哥，将桃花贴在胸口的哥哥，将我搂在怀里，想做就做的哥哥……

春天里的哥哥，为我储备了一火车赞美词的哥哥，

给我一把折扇又给我一串佛珠的哥哥，带我爬山看海的哥哥，让我醉让我醒，让我无比迷恋的哥哥……

从现在起，你要听我破碎的声音，你要听我复活的声音，

今晚你要留下来，在我的花园里徘徊，你要再蒙上我的眼，再扶着我温暖的柳腰，扶着我走上天梯。

哥哥，我又擦了一遍腮红，又涂了一遍口红，已经很美了，

我多想将身体伸出窗外，像蔷薇花一样攀上你的阳台。你正在哪一条路上手持长鞭，将我呼唤？

我不停地读书，写诗，翻阅史册，打扫房间，整理床铺。

　　月光已经在窗外徘徊三次了，疯长的柳条被我修剪多次了，我已经像一朵鲜花一样，被一堆牛粪很好地滋养，它已经娇艳欲滴了，你怎么还没赶到？

4.受困

一只豆娘在一个汲水的少女的脸上，找回年轻的爱情——

可是，他被栅栏围起来了，他没有翅膀，我也没能力给他，
看着圆月慢慢消瘦的样子，我就夜夜往原野跑。

窗前的晾衣架挂着滴滴答答的愁苦，我郁闷，不要再下了——
总是灯光摇曳，将我和他隔在一条河的两边。

此时，我多么喜欢一张床，它同时拥有两个身体，
优美的曲线，甜蜜的凹槽，变小的口，多么好啊！
伸伸懒腰早晨，打打呵欠午夜……

哦，这膨胀的空间，我开始拒绝世界上的任何食物，
这样的生活和向往，难道我错了？

我不再发声了，因为现在是白天……

5.红叶湖边

当我聆听到别人听不到的声音，
我确信，一只乐仙豆娘的眼睛看到了天堂。

这是红叶湖边一条被浓荫和露水占有的路，
忽远忽近的灯，受歌声的牵引，沿着黎明的琴弦接通了湖水与大地，
我渴望的耳朵像神秘的喷泉，向四处沸腾。

我的手握着响着橹声的水花，握着水菱手臂挽着的秘语，
你穿着河流沉默的内衣，固执地凝望湖面上苍白的光圈，
多么像苍白的灵魂，穿上绣有白芍药花的丝绸，在水雾之间婆娑游弋。

遥远的西方，海伦用她柔顺的长发，白雪的面庞，仙女的风姿，
招呼劳顿和倦游的浪子归乡，回到希腊和古罗马。
而你仅吐出一股幽暗沁心的清新之气，便将山石之间，数千年的恩怨一
笔勾销。

你是豆娘家族最优秀的后代，这里的天堂是你的，
一花一草都是你歌声里暗喻，都是你注入万物的智慧。
在你力量的招引下，我也一缕一缕地，柔软地滑入沁人心脾的岸边，
与湖水一起回光返照，一起将爱情吟唱千年。

6. 弦上梦境

当雨滴在第七根弦上停下来，许多眼睛逃离了现场，
我不可避免地在墙壁上找到两行擦醒了的咒语，

我不可能邯郸学步，更不会指鹿为马，
我惊喜于在春秋《左传》里找到供我退避的三舍，

太多的蜘蛛王将一张完美的地图涂满血迹，我看到，
掩埋一个王朝的沙砾越来越多，沙砾之上又是一个王朝，
最后一个王朝不是被沙砾掩埋，而是现代化的楼房和高速路。

一阵清脆的铃声从金水河边落叶一样飘来，
"一切都似曾相识，甚至擦肩而过的问候，也充满情谊，每一张笑靥都
充满亲缘。"①

特别是在夜晚的月光下，历史在这里都直立成墓碑的形状，
穿街走巷的风，被楼群梳理成人的经脉，
每一根神经里，都夹杂着人类的喘息和古黄河身体的扭动。

我真实的身份难以在放大镜下得到辨认，
相对于洪荒和人类的上古，我是万物都想得到验证的一个谜，
我醒于一缕阳光托举而出的混沌，之后死亡过无数次，出生过无数次，
我的灵魂不死，死亡的只是肉身，我灵魂不会进入六道轮回。

黑暗中的魔鬼总是对我虎视眈眈，它想从我身上取走什么，
但什么也取不走。

_____

① 引用荷尔德林《归乡》中诗句。

7. 爱就是生命

"……麻雀找到了一座房屋，燕子为自己找到了一个巢。"
我找到了孤独的人，他与灵魂分离以后，从此丢失了青春和赞美。

一块并不艺术的石头上面，有一根燃烧过的火柴及香烟头，
还有几道深深的刻痕，像后传。
他终于找到一份属于自己的工作，他要不停地用刀刃在石头上刻字，
然后将字冶炼成古老的琉璃瓦，制造一座古铁塔。
我也找到了自己的工作，不停地帮他在城壁上，抠取烂钉，

一根根烂钉，钉过豆娘的翅膀和身体，钉过祖辈的心脑和灵魂，
钉过悲苦和理想。我一根根抠取，直到指尖磨破，
直到我的血液流进祖辈的灵魂深处。

当最后一只烂钉被抠取出来以后，那人移动椅子，
他将锤子剪刀麻布扔到角落，用帽子盖住脸，走进深深的睡眠。
他几乎是一个魔术师，他几乎是一个疯子，当我将灯油耗尽的时候，
他突然起身抱着了我，我看到他眼里的白昼。

这些都是将军绿大理石，所有的石头上都刻着这样的字：
"生命都有不休的特性，爱就是生命。"

如果你不爱，生命尚未开始；如果一直在爱，爱就是丰富的宇宙。
没有爱的生命就是没有生命的生命。

一只豆娘应该爱得更多，应该持续爆发。

第八章　路过人间

1. 路过人间

如果到了那一天，请把我掩埋在你诵经就寝的地方好吗？
别忘记在我的上面栽种一棵樱花树，

我希望你每天醒来的第一眼，就能看到我
为你摇落夜晚的星辰，为你挥手招来温暖的晨曦，
我希望每天最先听到你诵经唱经的声音。

我们都曾饥饿孤苦过，委屈受伤过，被人冤枉陷害过……
生的时候不能互相温暖，就让我的灵魂顺着樱花树往上长，
春天给你开一树粉红的樱花，让你站在我的面前不停地喊"妹妹"。

我还想调皮地扑扑往下落，让你心疼地为我流泪，
我怕你的泪太多，将我哭成海，我跳上你的肩膀，坏坏地拧你掐你，
直到你不停地念"阿弥陀佛"，我才胜利地返回枝头染香你。

这个初冬，我在你面前落下了所有叶子，
请不要怜惜我，我不怕冷的，我体内的时钟告诉我，
当这些经历了风霜雨雪的叶子离开我之后，我将变得更粗壮了。

你一定要让我等到来春，我要最先给你一双指若柔荑的手……

2. 自相残杀

我看到巨黄蜓把同类吃掉了，

我看到他先吃掉了他的头，然后是身子、尾巴，

最后只留下两对翅膀，在风中飘。

他的儿女们不知道他去了哪里，他的老婆依然等他回家，

而他只能用灵魂与她们隔着时空对话。

这一幕我看到过好多次，最先在水草、芦苇、麦地，

后来在江河湖边、游船、会议室，或地下室，众目睽睽的广场……

我很害怕那些慈眉善目内心奸诈无比的多皱的脸，

更害怕那些屁股肥美、胸部丰满、身段柔媚的人妖。

有时候我无法辨认出真、善、美，

当我把纯真送出去的时候，秋风说我是个傻瓜，

当我把善良送出去的时候，有人回送了我刀子、暗剑，和谣言炸弹。

我什么也不想送了，一个人困在房子里孤独很久，

后来我趴在窗台与秋风打招呼，秋风把脸背过去，说我美得矫情，做

作……不管那么多了，反正我从来没有吃掉谁，陷害谁，蒙骗谁。

我从未被别人吃掉过，尽管有好多坏人对我虎视眈眈。

喜好粗茶淡饭，布衣蔬食，不贪不妒，淡泊寡欲，与花草鱼虫为邻，与

小狗为伴的我，若没有不怀好意的蜘蛛鸟类来骚扰，

这样的生活，安恬惬意，多么好！

3. 归　心

我并不是静物画，当你走近我的时候，不要闭目屏住呼吸，

拔掉那些栅栏，我就有你的眉毛鼻子和眼神了，
我还有同你一样供秋风晃荡的身体，还有令人思念的唇，
看起来，你就是我，我就是你。

我们的肤色、身材、气息都是一样的，我们来自同一片水域，
你多次在深夜里护送我，给我白菊花的浪漫与温馨，冰糖葫芦的甜蜜与
酸楚。

当蟋蟀舒缓的叫声止于月光的暗示，
我只能沉溺于一条山涧溪水里，让无边的冷熄灭我骨头里的火，
直到我像个醉汉，赖在大酒杯里不走。

我听见月亮与星星说着一整夜的胡话，是从隔壁传来的，

听着你那边的小火车，突突地向我奔来，
我开始渴盼，开始向往，开始想象你再次长成王的模样，
这个早上，我终于又长了一些新的露水献给你……

哥哥，这个夜晚，我在远方，一直很努力地练瑜伽，
无论我把身体弯曲多少次，都不厌倦，都不疲惫，
我要让你看到我的柔，我的软，我的缠绵，和悱恻……

4. 姐　姐

早上的鸟鸣，已经叩击我的睡眠，我要带着镣铐上路了，
如果遇上强盗，我就把这些铁索扔给他，
如果遇上暴雨，我就把姐姐的目光当成拐杖。

在陌生的水边，我有意外的发现，生活像一张薄透的纸，
轻轻戳破了，就有误会，悔恨和泪水滴落下来，
姐姐，你将我背到岸边，给我月光的关怀，给我溪水里的雀跃，
生活远不止这些，你将一首开花的诗给我的时候，我正在夜晚的海边拍打着凄苦和冷漠。那时候起，我知道什么叫寄托，什么叫信仰。

后来我的身边是铺天盖地的花丛和绿园，
这无边的温暖和爱啊，在一条叫小红湖的岸边泛滥成灾。我们春天相聚，秋天别离，每年都是这样循环往复，从不间断。再后来，我们相遇的道路被月光展铺成一条神圣的愉悦的神路。

桃花李花帮我们编织好下一次相聚的时间的和地点，我们沿江而走，拍浪而歌，我们的行走只与意识有关，与黄昏到黎明的距离，与拥抱牵手的距离有关。

姐姐，今晚我又在你的小城穿行，我看到霓虹灯的触须攀爬在千年石壁之上，那一段城楼是为我们的曾经而建的，旌旗正在为我们疯狂翻卷，那时啊，我们都是勇敢的战士，我们无数次打开城门，无数次策马扬鞭……

现在，我们的花儿都已经绽出碧蕊，释放出了香魂，
无数次的相聚和别离，就是为了最后这一次，我们疯子似的扑向黄昏。

这是一座陌生而熟悉的城，在这座没有任何征战欺诈污染的自然水城，我们坐在暮色里的茶水边，同时得到了月光安逸的照射。

我们的爱情要从这里同时出发了——

5. 给　爱

牧羊女将羊群赶到了天上。
这儿的湖水紧贴天使的微笑，草儿们摇晃毛茸茸的夕阳，
给小野菊围着温馨的围巾，阳光从深蓝的船里滚落下来，
我看到装满碎银的火车缓缓从梦想的老城驶来。

在那个雨水泛滥的下午，我突然异常兴奋，我跳到他的唇上，
如一条欢快的鱼，钻进他欲望的深渊。书桌缓缓的振动，扩张而来的涟
漪，向着两个人的湖心撞去，无数次以后，我有些疲惫。
那是在一阵矜持和持续的柔媚消失以后，
我在他的怀里，如羔羊一样酣睡过去。

后来，一群淘气的鱼，学着我的样子在他的身边歌唱，我又爱又恨，将
他从迷幻中掐醒。再后来，我有很多的想法，都难以启齿，我怕伤害了彼此
的自尊，我又怕言不由衷。我哭了，
那些鱼就在我低头犹豫的时刻突然消失得无影无踪。

我多想在他的酒杯里添加更多的甜蜜和欢乐，
只是夏风撩着蝉鸣蛙鼓，让人心烦意乱。我想把他满眼的绿，倒进一个
大水壶，让牧羊女的鞭子抽打在白云深处，
我想让肩膀上的月亮，快速游进他的梦。

夏风将他弯曲美丽的倒影弄碎了，月光在一旁坏坏地笑，像隔着低低的
迷雾。我着急于缺少另一对自由飞翔的翅膀，我怕他不能将我全部稀释掉。
每一次做爱，他总让我有坠落的危险，我的心时而变大，时而变小。我不敢
狂叫，我害怕身体下面的万丈悬崖。

我提着弱小的胆子，与他在波浪上辛苦颠簸。

那时，我多么希望有牧羊女的鞭子，狠狠地抽我们两下。

让我们快点，再快点——

6. 给　心

我来的时候，秋风刚把蒲公英干枯的花瓣吹散了，
又把蒲公英的希望吹到了苍茫的原野，我幼稚地认为，
落尽了一切的蒲公英会爱上我，当秋风像一块洗澡巾，
温柔地擦去我身上的一层老皮，我感觉到了痒和痛，像剥离的爱情。

天空、大地、玫瑰、蜂蜜，都是假的，所有假的东西都令人痛恨。
我一直粗浅地认为，蒲公英是为我而熬枯了身躯，熬枯了方向，
它摇曳着残败的梦想，假装迎娶我。

小北风刮来咸涩的雨，淋透满身孔洞的我。
刚愈合好的伤口，再次裂开。最长的这一道，疼得我死去活来。
生活如此飞快，转眼数载，我已经能够自立生存。
我常常用微笑轻轻擦着伤口，与背影相依为命。
很多人只看到我外表的通透红润，却不知道我承受了多少苦痛的折磨。

有人喜欢我的身体，有人喜欢我的翅膀，
有人喜欢我飞翔时的优美神态，他们喜欢我，并不把我当成人类。
其实除了我身体及外表的一切，我的灵魂和思想都属于人类的，属于女
人的，属于爱的。

我的翅膀不仅用来飞翔的，也是为灵魂寻路的，
为身体寻找加一半的，是为爱而生，为爱而死的，我一直在寻找，
寻找一条通向平安幸福的道路，或许它也通向天堂的路，
这条路上有爱人和孩子，还有父母和兄弟姐妹，还有情人、仇人、和无
数的陌生人……

7. 外　婆

一根老藤从这里一直延伸到我的前生，

它在我走过的路上，留下很多空穴，穴壁上有很多张脸，有的哭，有的笑。面无表情的，都是我的仇人。

我在远处顺从了天意，怀想一张多皱的温和的脸，那是我的外婆。

她用一根葡萄藤伸来的触须，将我的梦还原到童年，

那时，我喜欢钻进她的被窝，捏她三寸金莲。

她也曾羞涩在背对我们，从脚上取下长长的裹脚布。默默地，一个人在水中怀想六岁那年，裹脚时，撕心裂肺的哭喊，怀想嫁给外公后，外公对她这双小辣椒般的脚赞不绝口。

她洗着小脚，感觉痛得值得，从脚心涌上许多暖意，堆积在胸口，

这种暖，让她在尘世多坚持了许多年。

有风止息在葡萄藤上，外婆对着漏水的日光，虚弱地喘息，

她不想飞离，那时风中有刀，翅膀无力；那时的大地冷漠，无语。

那时有海盗和山贼总是在我们身边无休止地争抢掠夺，她很遗憾地闭上了眼。

我的祖辈紧握长戟，将北方与南方紧密连接在一起。

我在一片祈祷声消失的暮色里，看到大自然无休止地兴衰，

我想要看到更多彩绘画，然而穴壁上的脸突然消失了，

灯光开始慢慢靠近我，靠近我惊恐的脸，告诉我的现世。

我再也辨认不出前世和今生，辨认不出谁是我的外婆，

我只感觉到，她唱给我听的那首小谣曲，干净舒缓，将我包裹得非常温暖。我又摸到了她胸口堆积的暖——

亲，你带我飞，快飞
到水边，我渴——

第九章

第九章 青春物语

1. 相 遇

你必须相信我的和善，相信我身体的亲和力，
你看，我向大地呈现了粉红。

从云到雾，再到露水，是时间逐渐萎缩的过程，
是上帝抽掉我仇恨的骨头，让我为你，展示酿制一杯酒的过程。

在月光的枕边，泉水叮咚，有妖精和恶魔的搏斗，
他们都将死于绷紧的琴弦。你来了，我攀越的高山统统被夷为平地，
我必须承认，你是火柴头里所含的磷，微量稀少，又至关重要。

当我们谈到爱情时，天亮了，你的叹息裹挟了我的枕头，
我没有敲打它，而是轻轻地，轻轻地靠上去，用我的嗅觉听觉触觉，
然而我什么也没感受到，它们肥皂泡一样破灭，消失了。

我抱着短暂的忧伤，将身体隐藏于黑暗，然后霓虹灯一样绽放。
有许多鸟儿聚集在我春天的四肢上，鸣叫，狂欢。

你看，我的花儿都开好了，开在紧闭的腹内。

2. 相　知

"事实上，人们对身体的爱，终将成为最高的爱。" ①

有人沉默，有人低语，还有人递来了绳索、梯子、酒瓶、毒药，
亲爱的，你怕吗？我们自由了吗？

当你对我发出爱的渴求，我也对你发出爱的应答，此时
没有日暮和乡关，没有晨曦和晚霞，有的是悬崖上的潮红和羞涩。

"在善恶的角力中，爱的繁衍与生殖，比死亡的战残更古老、更勇武百
倍。" ②
你抱着我的腰，挠我的脖颈，亲我额头的时候，我心醉了……

低垂的稻花香在空气的旋涡中向四周扩散，
幸福的花骨朵将成吨的蜜甜送至一张颤抖的嘴中。我看到了你的成功和
喜悦，看到了一颗俘获我的心。

你的温柔触摸着我的温柔，你的呼吸抵着我的呼吸，
我第一次向你裸露青春的私密。

你会进来的，我们会成功的。
请抚去我初次的惊慌，再接受一次我温柔的妩媚的体态，
在尾部与胸部之间，在嘴唇的冲动和内心的颤抖之间，请先交换我们的
性器。

---

①②分别引用的是诗人章凯和昌耀的诗句。

3. 青春物语

我还活着，而且很完整。

当身体成为茶杯，便有茶香向外溢出。
你的手很暖，暖得让人愿意再一次破碎。

亲，今夜我为你打开了一扇向月的窗，给你一把开启子宫的钥匙，
你可以把柔、软、强、硬都拿来了——

你甜蜜的赞许有鸟鸣的味道，有啤酒泡沫的味道，有冰山火焰的味道，
有醉与醒的味道……
都拿来吧，我喜欢你这些邪恶的逼迫的强暴的味道——

灯光不愿意离开，生命在流水中孕育。这是我们的完美。
像海水敲击着岩石，且锲而不舍——

花瓣落在唇上，轻盈而热烈。
夕光落在湖面上，像我们的结晶，在那时里出生、蜕变、繁衍。
我们爱到麦浪翻滚，爱到船丢失了帆，爱好电闪雷鸣。

没有了家、国、政、法，没有了欺诈、压抑、怀疑，
没有了你和我，有的全是高山对流水的执着，流水对高山的倾覆。

时间在水杉树上，豆蔻一样溜着走。我长期地迷恋——
迷恋被你揉搓的绵软和美，迷恋一次次余震中，你舌尖的柔滑和

腥甜，

　　亲，让我活着，赤裸地活着，活得弯曲，自在，迷狂。
活得身体和灵魂一样，都可以一丝不挂。

4. 相　爱

在你的面前，我是丰满多瓣的花朵，
最美的时候不是姿态的优雅，而是忘我的投入，
我们都喜欢水，喜欢羞涩的粉红的花瓣，喜欢躲藏在腹部的小兽，喜欢
心形的舞蹈……

我们被绿色的歌声包裹，被蓝色的波浪追逐，亲爱的，你带我飞——
你在我的眼里晃荡得疯狂，亲爱的，我喜欢，
我们用沉默表达沉默，用震动的频率导向热烈和高潮。

人类用眼睛用摄像头用水枪指着我们，亲爱的，你带我飞——
让偷窥成为一种病，
他们在找回消失了的本性和本真，亲爱，我们都很美。

我们没有起点没有终点，流水使我们轻盈，
月光让我们互相充满爱意，我们身体的琵琶是一首歌，
那歌声来自我们双翅，来自我们激动的腹部。
亲爱的，请再一次灌满我，
我要把自己彻底稀释掉，直到崩溃，甚至窒息。

亲爱的，丰满的乳房是你的，肥硕的臀部是你的，
轻柔纤瘦的杨柳腰是你的，圆滚滚的脸蛋，发达的肌肉是你的，
满地颤抖的星光是你的。

疲惫安静的时光是我的，你颤抖的下肢，微缩的生殖器是我的，
亲，你带我飞，快飞到水边，我渴——

5. 相　伴

我看到花蕊里有刀子，也有性器，当你把一束花放在我面前的时候。

浑沌中，滚卷而起的暮色，有小偷盗贼还有杀人犯在林间出没，
你用刀子赶跑了他们，用生殖器柔软了我，
你一再强调，那是葡萄、香槟和罪恶的石头，
我并不反对，我找到了弯弓射大雕的英雄。

只是你的马儿不知躲藏到了哪里，盐河边，柳树下，
月光贴近双唇，长久地窒息。
魔镜里有千帆、红酥手，有黄昏花落、阑珊独倚……
我不怕，我喜欢你仙人掌般干渴的嘴唇，喜欢你宽大的胸脯隐藏着我惊
恐的呼叫。

是的，我喜欢，你臂间的豹子，带来的雷鸣和闪电，
带来的雨水、河流和大海。带来的水阔、鱼沉和秋韵。
我是喜欢那束花的，为你热烈地燃烧着，又不知所以地跟在你身后。

野菊花儿已经将爱情开到最美，我总是找不到你，
找不到你的时候，我看到阳光疯狂的在水面上打滚，
还有一些像银碗里的针一样，撩拨着我的寂寞和凄惨。

我常常把湿漉漉的身体裹到周末的花房里，你不来的时候，
我一个人数着孤独的花瓣，直到把自己数成泪水和灰烬。

6. 相　恋

你说我不够白，不够瘦，不够美得彻底，我负气离开。
我宁愿在无人的角落黯然老去，也不愿意让你看到我的伤。

你对着青花瓷碗深深叹息。
青花瓷器上柔软的曲线，仿佛刀刃一样切割着你内心凹凸分明的棱角。

我不想要这种结局，一只黑蜘蛛向我爬来，睁着巨大的眼睛，向我恶狠狠地爬来，它要吃掉我。
我哭了起来，我边哭边叫，叫着你的名字——

你将我从蛛网上摘下来，你抱着奄奄一息的我，心都碎了。你悔恨不已，你发誓在最后的岁月里，只对我一个人好，我在你的悔恨里，又想活下来。
　"拥有了却不知道珍惜，失去了才知道它的可贵"，我们还来得及啊
　我摸了摸你的唇，那道唇边的血痕，这是你与蜘蛛厮杀的时候留下的。
它疼在我的心上。亲爱的，所以我会好好保护自己……

红河水依旧，蓝月光依旧，紫薇花开得依旧，红酒，香槟，玫瑰床依旧，我在你怀里，温暖依旧……
你说你喜欢我白里透红，喜欢我的小蛮腰，喜欢美丽的眼睛，
喜欢我柔软的骨头，汹涌的波涛，喜欢我的抓狂和尖叫，
还喜欢我的小脾气，小心眼……
哦，原来我身体的每寸，你都这么喜欢——

你的喜欢挠痒着我的心，撕着我的肺，鼓动起我每根血脉，
你一再说着喜欢，说着爱，我激动地说"好想……"，你就压过来，
天又突然黑了，这一次，我们把爱做得遥远而漫长——

79

7. 共 生

当我把自己彻底交给你的时候，像把一个苹果交给了牙齿，
你的声音越来越甜，离谎言很近，离真爱很远，
我分不清这是黄昏，还是早晨，
我对你已经没有恐惧，有的全是顺从。

记不清何年何月何日，你我在小轩窗内，灯光下勾手指，划鼻梁，
一场大雪即将落满窗台，来不及道声平安，心落笔尖，
时光如青苔，慢慢把我覆盖，又慢慢把我扶上云梯。

在一截高高的树桩上，我独自品味那一纸忧伤研磨的苍生，
那最初的河水，林荫道，有肉体的欢愉，也有灵魂的扭曲和呻吟，
我必须告诉你，那是我蓄谋已久的等待。
我们不停地出生，不停地飞翔做爱，死亡，如此循环。这是第几世，我
已经不知道了。

就算我们老了，就算没有了快乐的叫喊和充盈，
就算没有了一上一下，一左一右，我仍喜欢与你擦拭一面水镜，
从那里可望见许多飞翔的姿势，像我们曾经做爱的姿势，多么美好啊！

我喜欢被你背着抱着，喜欢你的尾部用力勾住我的头，
将我带到那片散发月季花香的河岸，如此美丽的节拍，我愿意为你付出
一生。 每一生，都太短暂了，
好像就在你尾部和胸部，一张一息的运动中，倏忽而过了。

你用一生的时间寻找到一个合适的孔，我用一生的时间寻找到一片合适
的水域。

第十章　琴瑟和鸣

1. 第一次

你微微地笑着，不同我说什么话，而我觉得，为了这个，我已等了很久。

——泰戈尔

遇见你的时候，夜晚是羞涩的，溪水是羞涩的，
从胸口逃逸的云朵是羞涩的，

羞涩的我，低低的，温顺的，
携带蚊子的哼哼声，试探着向你靠近。

你说我是最美的女人，
眼里堆满了魅惑的毒，你还说我的身体是一个乐器，

你第一次弹奏，我体内的弦，
差点绷断了。

2. 我们越做越好了

后来，我们越做越好了。
后来，所有篱笆上的蔷薇都为我们盛开。

我们穿过优雅的拱门，
在八月湿润的皮肤上感受舌尖玫瑰红酒巨大的幸福，
感受大海真实的潮汐，
感受遗忘和被遗忘。

一些人看见我们，成为一颗心，一个逗号，两条缠绕的蛇，
一些人看见我们之后，悄悄撤离镜头，走回自己的体内，
寻找坚硬的，柔软的，静止的，跳动的部分。

我们在对方的身体上寻找到马匹和大海，
我们互相激赏彼此的性器，让体内制造大量的激素，
让淫荡的笑声，沿着月光的香樟树慢慢上爬，都在坠落天涯的边缘惊奇呼救。

你夸奖我的声音好美，柔软的身体好美，俏丽的容颜好美。我喜欢躺着，躺在你饥渴的目光里，躺在你的舌尖、心尖。

我柔软的下肢死死缠绕着你，像要抽取掉你身体全部的生命的黄金。
你健硕的下体，用力地，不知疲倦地，一次次，抵达我最深的深处。

后来，你满了，我也满了，我们走向了极致和完美。

3. 寻找波浪

喜欢站着怀孕的麦子，
挺起发育健全的乳房，嘟起香甜的唇，
等待春风和月光，将圆满的爱情推进心心相印的黄昏。

喜欢风吹麦浪，喜欢风吹绿色的波浪。
喜欢绿色的海洋，波浪牵着波浪，喜欢波浪与波浪之间冰水与火的较
量，喜欢水与火之间，那极细极小极柔极软的呻吟——

因为风、麦子、波浪、金黄，冰与火，我喜欢飞翔，
在落满花瓣的诗书里，在缀满星星的溪边，
在一杯茶水慢慢消融的午后，一颗翻山越岭的心，一颗千疮百孔的心，
不停地飞翔，不停地寻找别一对飞翔的翅膀……

我有合适的金锁，寻找一把合适的金钥匙，配上优美的音乐，
像金色麦浪里的男人和女人，在对方的身体里急切地寻找，急切地打开
对方，急切地，配上噼噼啪啪的爆裂声……

像两棵暴晒的豆荚，欢乐的歌唱不需要外力的捶打。

4. 云雨霏霏

石头开满了花，你抱着火焰而来，
这是一扇朝南的窗，大海在你背后消失，月光自你嘴中流淌，
这是一个完美的夏。

仿佛我体内的另一个我，就是你，突然飞回我身边，
仿佛我深爱着的你，突然从彩虹的笑容里落下来。
轻盈而炽热的灰尘，那久久的压抑在胸口的不能自拔的灰尘，
终于因为我们的灼热的芳香的唇，
蜕变为甜蜜的汁液，
强劲地粘贴着你和我。

我想我那时快要死了，是被你追逼死的，
是你仍然赶不上我高高的浪花，我无力爆破，郁郁而死的。
不要怪天气，怪雨水多雷声大，
不要怪月光的小脚踩在花瓣上，将一颗巨大的水滴推下悬崖。
只怪你没经验，长得像棵柔软的水草。风一来，你就没了心骨。

这一次，我几乎感觉不到猛兽一样的你，
如何将一棵柔软的水草，狠狠地抽在春天的脊背上。
是力不从心，还是心在别处？
是夏夜累坏了你的小脚，还是过于饥饿，过于奔波忙碌？
亲爱，来，我给你蜜，给你酒，给你强身健体的蚊虫。
吃掉它们，你就伸缩自如，柔硬无比了。

5. 别让我空闲太久

"生活就是用牙齿咬着一朵花成长。"①

亲，把我放在风的耳朵里好吗？
芦荻花开出了柔软的腰肢，月光和水正在受孕，菖蒲正在临产，
我有艰难的妊娠期，如何度过？

亲，我们心头那一片水域，那荡漾的美好，为何渐渐远离，
微风，暖阳，酥饼，巧克力豆，时光以十倍加速度席卷裹走了它们，
我们曾是哪个空间释放出来的孩子？

我害怕时光在额头虚掷，害怕枯朽的影子追逼着我，
你健壮的体魄，匀称身材，总是那么完美，看着你一脸爱惜的脸容，
我就忘记了一个人努力的暗夜，鼓胀而前倾的大肚子，累成弓一样的
腰，浮肿的脚踝，饥饿胃，不停地吃，不停地喝——

你抖颤的声音，爱得发狂的肉身，及饥渴的眼睛里炽热的欲望，让我总
能在你温暖的掌心寻找到狂野的跳荡的心。
总能在你幸福的歌唱里，走出汗水里的黄昏，走进未来幸福的梦。

亲，我有年轻健康的身体，我需要你迷迷的眼神，将我引向一条干净的
河流，我们要在那里不停地做爱，不停地产卵。

亲，别让我空闲太久，你要经常回来，经常充满我。

---

① 引用外国诗人安德拉德的诗句。

6. 鱼水之欢

一切都源于季节里的雷雨风暴，我与王在海神的传说里重新相识，
没有了前世的恩怨，岁月的铜锈铸造成镜面上精美的誓言，
在一个风和日丽的五月，我的王，他将我娶回家。

大街上有许多风声雨声，有许多花瓣，和掌声，鞭炮声，
我们的家在半山坡上，是临溪而居的，一间小小的茅草屋，
小屋内，每一天都盈满了大海的水。

明媚的阳光和皎洁的月色构筑的婚床，
让我们相互缠绕，爱得死去活来，爱得昏天黑地。
多么好啊，他叫我一声爱妃，我叫他一声大王，
黑夜和白天没有了距离，出生和死亡没有了距离。
在魔鬼打盹的日子里，日子过得像跳动的琴弦，每一天都是颤抖的乐
曲。

后来，风中的香味越来越浅，苦味越来越浓，
我开始害怕奄奄一息的灯芯，像我们的爱，要终止于魔鬼的到来。

时光的指腹已经按在了我的额头，无声的夜晚，时钟滴滴答答，
我的王，魔鬼天使要飞来了，我们是否要回到千年前的古城？

不要怕，将身体用黑套子全部覆盖住，我们的爱不会终结……

7. 相看两不厌

这个梦，几乎是不可能的——

你的唇，吾爱，可以将灯光再拉近一点点吗？
我代替不了天空的孤独，
但可以代替小飞蛾，为你深深叹息。

我已经非常妩媚了，快抱我走吧，
我将是两片波浪之间快乐柔软的睡眠，
那些招引你的云水、泡沫、火焰，你一碰就消失。

快带我走吧，我还从来没有给过你涛声，和月光里的惊叫，
还没有给过你仇恨的眼睛，动物的笑声。

当我再次发现了青春的时候，青春已经被魔鬼取走，
我的青春是从柳枝和桃花的佛咒里取来的。

"水国蒹葭夜有霜，月寒山色共苍苍。"
这个有无数褶皱的夜晚，终于等来结实的臂膀和肥美的臀部，
亲爱，再做一次吧，否则很快就苍老了，就完了。

亲爱的，快飞上来，我已经芳香成一道光线了。

第十一章　朝秦暮楚

1. 新　生

再用力一些，再靠近一点，头快出来了，
剧烈的疼痛随之赶来，
剧烈的哭声随之赶来。

哦，太阳又出来了，
在没有嗅觉的水边，想起妈妈疲倦的脸，总是靠近圆月的一边，
用身体将一片荷叶翻过来，覆过去。

我在荷瓣包裹的襁褓里，甜蜜地熟睡，
她白天在河边打捞红薯、玉米和蔬菜，夜晚用鲜美的乳汁喂养我。

我们仿佛在同一片月光里，又仿佛隔了好几个世纪。

2. 传　说

传说我的妈妈也是美人，
她喜欢躺在在外婆编织的凉席上，听海风翻过码头，
翻过樱桃林，翻过东墙，掠夺她胸口的流萤和月色。
她的心跳合着百合花开的节拍，她不是自己的囚徒，她是自己的月色。

岁月站在长满狗尾巴草的土墙上，清瘦的目光，
跟随她的丰满的影子摇来摇去。她年轻时的旗袍端庄美丽优雅，
现在，她在灯光之外 非常遥远。

我开始明白，我是存在的。
我存在于母亲的每一寸肌肤里，存在于她路过的每一片土地，
存在于她呼吸过的每座森林中。

我不想存在于化石里，那是安静的死亡，
我必须要有自己的翅膀，必须是天使的、白狐的、魔鬼的，
必须是能打开佛门的，会点灯的，会绽放花蕾的，
必须是能让男人见到我后，就喝得一塌糊涂的琥珀酒杯的。

我想飞出重围，想让母亲的夜晚，有奶香、茶香、咖啡香，
她总在不安的睡眠中呼唤着我。她的体温超乎寻常的热，
那么多悲伤的泪水从她身体的裂缝里涌出来。
涌进我想念她的白月光里。

3. 女 人

女人用乳汁和血液将家园一遍遍建起，
又被男人一遍遍摧毁。

第一束光将我从混沌中分离出来，岩石上慢慢有了我的足迹。
后来被人类鉴定为化石。

人类残暴之手破坏着土地和自然万物，
生命一次次得到进化和重生。
在我身后，无数的战争将岁月的尘烟推到山顶。
而我一直温顺得像迷途归返的羔羊，听话地趴在溪水边，无声地翻阅它
们。

后来我和桃花同时开了，但没有人能亲吻到我，因为我在高处。
后来一场大雾终于散去，阴郁、乖戾、残忍的怪物终于倒下了，
后来我自愿走一条饥饿铺就的路。

如果可能，我想吃掉所有动物，包括人类。
我要让那些体态温柔皮肤白皙的好女人都从坟墓里爬起来。

4. 紫弦月色

今夜，他在一棵树上慢慢走远，
他没有能力选择与我在一起，我不恨他。

许久以来，我一直爱着他稍微弯曲的身体，
我深紫色的小花一直隐藏在那里，不开也不香，但他一直很喜欢。

我们曾在一滴露水面前相视一笑，然后各自掏出内心的灯盏，
灯光照亮的不是别人，而是自己。

今夜，我提着竹篮到处汲水，
我悲伤得没流一滴泪，但发现，他走过的这条路，
非常潮湿。

5. 弱女子

我说不清楚为何恨，也说不清楚为何爱，尽管我曾经思虑过。
身边那些滚动的嘴唇，它们被棉花缠绕以后就消失了，
很多张没有表情的脸，与我擦肩而过后，也永远地消失了，
为了能飞得更远，我的翅膀大于身体。
像我的理想大于思考。

当落日又完成了对大山最真切的对白，
我开始学习去爱世间那些冷酷无情的卑鄙小人，感觉自己也很卑鄙，像个罪犯。
鸟儿们飞快地穿越天空，同时发出刺耳的尖叫，
我躲避于春天里安静的房间，读书写诗，想把胸怀练成大海，
我理解国家的陷落，城市的陷落，都归因于欲望。

夜晚的灯盏将我烤得摇摇欲坠，
摇晃的村庄，像一个巨大的泡沫，即将爆炸。
我的双肩有太多的重担让我放心不下，我羞愧于自己的浅薄的法力，
还不能让窗外哭泣的鬼魂迅速找到归路，
我如何才能成为王的女人，只为听琴而歌？

6. 那一夜

那一夜，白云偷走了我的衣服，穿着它弯成一座桥，
暖风从桥上吹过，吹来衣袖里的花粉和香气，
又吹来爱情的体香。

我曾是美丽的公主，后来是美丽的皇后，
爱着一个神秘的花园，爱着花园里衰老的国王
他一再地和我说："青苔都绿了。"
只是，还没有绿到窗台。

后来，有隐秘的咒语在河水里流过，
巨大的荷叶铺展在我的面前，像一个绿色的溜冰场，
我在上面，为爱滑行，为爱跌倒。

我总认为青苔走过的路，是伤口，
每一次，我走在裂开的伤口之上，不想说话，
那里有许多幽灵在飞，飞在我和国王彼此对视的烟雾里。

7. 朝秦暮楚

风信子紫色的小花告诉我，
向晚的阳光将在一个玻璃水罐里聚集成为火。
旁边的你正在为一只葡萄酒杯的倾斜而心动不已，

想想那张紫色的薰衣草的床，我为你纺织的玉兰花窗帘。
你怎么还在等待另一个汤匙，等它伸进夜色的咖啡，搅动我们的面前这安静的湖？

淡紫暗黄的橘树上，倒挂着几只黑蝙蝠，我们的生活一直被监视。
当我把手伸向火炉，我确认自己经够着命运的边缘，
这是夜幕轻轻地覆盖我们的时刻。

请你不要锯掉我的脚，不让让我当木柴一样燃烧，
不要在最后的残阳下将稀饭浇在乞丐的头上，不要让戴着面具的人靠近忧郁的黄昏，不要把翅膀剪下来——

我离开了，从此不要想念我，谁也不要——
你看极度饥饿的羊群终于找到了绿洲，从它们走进草原天堂的那一天起，生命就开始用减法计算，它们的日子所剩无几，它们将很快被运往城市。
从我靠近你的时候，我就靠近了死亡。
是你的三心两意和朝秦暮楚，加速了死神到来的脚步，我是一只普通的豆娘，也代表了人类，人类也找不到解救的良药。

我必须拿回我的纸扇，从黑暗飞向光明，必须经过饥饿、凌辱和陷害，

我愿意为豆娘，为人类，拿回生存的密码，

就算赴汤蹈火，在所不惜。

第十二章　草木皆兵

1. 妈妈，你别哭——

妈妈，你别哭——

虽然我病了，我不会死的，与病魔斗争的日子，你就是我的力量。

我会好好活着的，我不要你把未来的生命转送给我——

妈妈你不欠我的，虽然你生下我时，因为我是女娃，你曾一度不喜欢我。那个年代，缺少男丁的家庭受人欺侮，被邻里瞧不起。那时的你，只想让我们这个豆娘家族有更多的香火，一代一代繁衍下去。为了让我们兴起，回归到起始的王国，你又连续生了一堆。

妈妈，我长大了，流水和月色都改变了方向。

你为我开辟的原野铺满了柔软的绸缎，吃人的豹子和老虎都不见了。

只有最美的樱桃花满山遍野地开，在金黄色的沙滩边，在我们小镇的西方，在一群鸥鹭栖息的果园，

阳光的黄金线一根一根从古铜色的树缝里牵拉出来。

妈妈，我听到了一个声音，那是王的声音：

"我要你，我要你，我不会抛弃你，你是我的江山，是我的黑夜与黎明……"，你告诉我那是幻觉，那是假的。

可怕的岩石，遗言也是假的。妈妈啊，野果堆的蛆虫颠覆了我的世界，我好难受，不要啊——

妈妈，快告诉医生，帮我输液，我的王也在危难之中，在他即将葬身大海以前，我要赶到红河谷口救他出来，

快叫上我的神鹰，将他从暗礁里救出来……

2. 危机重重

亲，在这条河的上游，有一盏巨大的灯，
灯的旁边是我们的家，床铺简单，瓦罐粗糙，但我很喜欢，
那些俯身向你的星光总在清晨翠鸟的鸣叫里，隐去美好的睡姿。

亲，我喜欢晨曦中的芦苇叶，湿漉漉的婚床仿佛昨夜我们的佳绩，
我喜欢阳光照着我逐渐隆起的腹部，
我仿佛倾听到另一个世界里的你，我的王，曾这么亲切地说：
这是我们爱的结晶。

时间过得好快，候鸟不断迁徙，岸边的花朵相继枯萎，
你想象不到我为了这些结晶，每天需要飞行千里，寻找纯净的水，及纯
净的饮食。我奔波于风暴和天涯之间。

一条被污染了的河流让我惶惶不安，
我曾看到两只豆娘因为喝了这里的水，吃了转基因的粮食，导致难产，
她们死在这条河流最恶臭的早晨，
还有近千只豆娘幼虫死于严重变质的河底。

青蛙和知了撕心裂肺的叫喊，令我烦躁不安。我的眉睫都是火，在一个
大雾的早晨，差点摔倒在门槛上，差点流产。
时光荏苒，世事更迭，谁能来帮助治理我们的家园？

人类越住越高了，仿佛都住进了云中天堂，这里成了他们的丢弃废品的
地方。我的亲人朋友相继离世了。
难以预料的是此处只剩下荒凉和眼泪。

3. 甘心如荠

新生命诞生了，诞生于这片大海，这片明镜的湖，
诞生于阳光烘烤着的樱桃林，诞生于我血迹斑斑的两腿之间，
亲，和我一起睡眠吧，我很累，你的触摸、鼓励和赞美就是力量，
此刻，我是你最美的最成功的豆娘。

我属于天地间的灵物，在你的嘴唇之间存活。万物的音乐属于我，
大海和湖水属于我们。感谢樱桃树，冥冥中，是它安排我们开花、受孕、结果，是它召集我们躺下来淫笑，做爱，
让我们的身体发出销魂的声音和甜蜜的幽香。

以前我们年轻幼稚，不懂得奔跑和停顿的美妙，
不懂得顺流而下的溪水，要在冰火之夜，练习坠落悬崖的快感和陡峭之后，恢复平静的生活。亲，抱紧我，为什么阴历十五的晚上，你留下一张纸条后，就失去了踪影？

爱过之后的爱，像一条掘深了的河，让人感觉更加幽深，湍急，不可预测。我突然对自己的内心非常迷惑。

"我的女王，我的爱情女神，你不要生气，那一次我留给樱桃树的便条是假的，你是知道的，我的离开是暂时的，天鹅找到了自己的湖，我也找到自己的国土。
为了迎娶你，为了准备丰盛的宴会，为了让你喝到爱情的红葡萄酒，我飞回了家乡，又飞到南海，最后飞回到蓬莱仙岛……"

4. 这个秋天

这个秋天，窗外的阳光幸福无比，露水常常静悄悄地来打扫庭院，
想起花瓣之间的颤抖，想起蜜蜂在花蕊中间那颤抖的翅膀，
想起生产时那死里逃生的疼痛，我没有了那种癫狂的欲望。

但灵魂常常叩击一条洁静的水流，那里没有声音，没有气味，没有欲
望，那里有一朵洁白的水莲花，搅动着一个天空的宁静。
我的孩子们在那朵温暖的佛花下，与我隔窗相望。

八月里的阳光温暖静好，优美的画卷展开万里，
我的孩子们在水中嬉戏，它们快乐游动的样子，像山野间欢笑奔跑的放
牛娃。天真无邪的阳光跟随它们，在大地上飞来飞去。
我在日益消瘦的床头，找到了黎明和火焰，找到了白与黑的平衡。

现在我与我的爱分开躺着，它时常在我的身体之外作业，
我厌倦了身体的火焰和陆地上绵延的荒漠，我不再为等待已久的敲门声
而激动。我分明看到孩子们的脸上有着他的笑容，有着他渴望的唇，哦，又
是遗传。

"如果爱可以是一件意志的事情，噢，那就永远不会这样悲伤。"[1]

我听见无数双翅膀在夜空里飞翔的声音。它们想要捅破我纷乱的思绪。
我开始对一只发情的母狗异常喜欢和厌恶，它们不知道选择，不知道什
么是高贵，什么耻辱和纯洁。
我开始无限怀念远处喂养牛羊的山坡，那里芳草萋萋，有爱有恨。

---

[1] 引用伊丽莎白·詹宁斯的诗句。

5. 放　逐

这又是一个紫苜蓿花开放的季节，我将一盆盆紫苜蓿搬到院外，
它们长得和原野里的一样，一样的紫，一样的楚楚可怜，一样的细气宜人。

"孩子，这就是生活，真正的爱就是要将它放归原野，要给它自然的风风
雨雨，它才能感受到院落和温室里的独特之美，也就倍加珍惜时光的短暂。"

妈妈，我口袋里的草籽一粒也没有了，没有了华贵的衣裙，月光还来亲
近我吗？马路边的茇茇草，每年都在远去的马蹄声里失望地发芽，失去了欲
望的灵魂，怎么样才能拥有人类的视觉、嗅觉、听觉、味觉和触觉？

"你浇花吧，让时光流掉，快流掉。
直到紫苜蓿花再次开放的时候，你把它们全搬到野外，如果有人购买它
们，你就全部卖掉。死亡过的人更愿意欲求得不到的东西。"

妈妈，我能停下来喝口水吗？岩石上的陌生人已经风化了，
但是他走过的脚印还在，他的声音和思想还在，我要怎么样才能抵达他
们飞翔的姿态？

"每一块岩石底下都有一把钥匙，取出它们，
在岩石缝里左转一下，右转一下，就把思想的牢笼打开了，
如果看到流水，就喝下它，如果听到虫吟，就剑劈开它，如果看到沙尘
弥漫，就把岩石缝关紧，锁闭。"

妈妈，我们走吧，这个咒语是一百年，
一百年以后，我再来检查他们脑子里还有多少只虫子存活……

6. 草木皆兵

越来越多的病菌伤害着豆娘家庭，及其他动物鸟类，

人类的生存环境也越来越恶劣，他们不只杀害同类，还将豆娘幼虫爆炒了吃。

众生仿佛都被凌辱，仿佛都走在黄泉路上。

桃李风云，争战杀戮，夜晚的鬼魅在旷野哭泣，生命变得异常苍白疲惫。

在死亡的水井边，月亮也是一张死亡的令人憎恨的脸。

猫头鹰的哭号如夜晚的长笛，我对万物充满了同情，我如何保护它们？

妈妈，把你的粮食种子送给我吧，我要让大地长满粮食。

将你纸扇送给我好吗？把咒语告诉我好吗？

在这里，我的抵抗只是徒劳，我快要没有生命了。

这里的太阳每出一次，人类就要蜕一层皮，人类将没有皮肤了，

我该怎么使用你告诉我的秘诀？

妈妈，你要快点来到这里，否则岩石上的我也将被风化掉了。

7. 悲惨的结局

哦，伟大的封地，我将忘记，从此不再来这里。
我为自己的美而感到羞愧。

如果你爱我，我的王，
当我从人间将要消失的时候，拉我一把，除了你，没有人再让我为这个
世界睁开眼。

那个饥饿的孩子死了，他的嘴里全是泥土和沙。
他身下的小草听到他的心脏是慢慢慢慢地停止跳动的。
"这个孩子无病，是饿死的，是饿死的"，人间还有多少这样的孩子饿
死？

"亲爱的，我不知道如何才能拯救他们，如何放宽自己的心？"
"我的女王，孩子的父亲没有死，还在那边的城堡里工作。"

"他的父亲也走了，
当我打开城堡的门以后，我看见他跟随月光飘然而逝。"

"我真想离开大地一时，然后回来，重新开始……
有时……命运会比爬树……更不遂意。"

如果我是草，多好，可以覆盖掉这一切——
如果我是阳光多好，可以温暖这一切。
如果我是时间多好，可以让这里重新开始，
如果我是女神多好，可以走回去，再回来……

我爱的不多，然而会
爱得疯狂——

第十三章

第十三章 火在唇上

1. 醒来以后

"那一夜，我听了一宿梵唱，不为参悟，只为寻你的一丝气息。"①
当我双手合十，莲花的光芒抱着了我，黑暗从我身边悄悄撤离。
月光从槐花的城堡送来惊人的信息，妈妈也遭人算计，
我的孩子没有了，只有时光的沙漏，滴滴答答……

总有一天恶毒的魔鬼会将自己装进瓶子里，总有一天它会烟消云散。
我去了索菲亚大教堂，那里的诵经声时刻萦绕着我，
当我想到宽恕这个词的时候，所有我爱过和恨过的人都化为眼前的一缕
轻风。蛙声是善良的，流水也是。

当僵直的身体如同枯木逢春一样发出寂寞的叶芽，
我的思想被解冻了，这稳健如初的腹部开始为下一次孕育做好准备。
当阳光细密地在一棵橘树上读诗的时候，
我一口吃掉了从《雨霁》钻出来的书虫，现在我的腹内有着与诗人帕斯
捷尔纳克同量的墨水和泪水，有同样大的宇宙。

妈妈河边汲水的声音告诉我，
我必须在自己的刀刃上死去，在撒盐的伤口里醒来。
醒来的我，来不及看清河的对岸有谁在劈柴喂马，就被一只害羞的青蛙
拉进一片丛林，这里的春天和冬天相看两不厌。
这里的姐妹们面容干净内心脆弱。

这里的昆虫紧贴着暮色，这里的香草靠近美人，
这里唯有我的翅膀长着孤独的黑痣，我开始忏悔对别人和自己所犯下的
错误，怀念消逝的风景……

①引自仓央嘉措的情诗《那一夜》

2. 最后的思索

一个欲望死了，另一个欲望活了，
身体不是被思想和灵魂牵着走，而是被一双饥饿的神掐着走。

我吃掉了很多恶劣的蚊蝇，仍然满足不了身体的渴望。
我曾对着镜子里的自己咒骂，仇视，但很快又忘掉了自己。

这是一年中最寒冷的时刻，大街上的霍乱少了，
然而浴缸和空调室里的烟雾、垃圾，越来越多。

当冬风在一枚落叶上结成冰花，大街上手推车里的书画报凌乱不堪，
这多像世界末日的挽歌，当时间被卷入黑暗，我就着风干的影子在银月
的水边阅读。

泪水里有很多纯净美好的东西从历史的产房里逃出来，
几经周折之后，它们开始变态、变异，甚至变性，
社会的大熔炉焚烧的不是垃圾，而是善良，温暖和热爱。

人类是可怕的，产房更可怕。
我不能像王维陶渊明一样做个彻底的隐士，
当最后一缕阳光透过我薄薄的翅羽，我感觉到了自己的弱小。

蚂蚁的伟大在于它那弱小力量的坚持，
在斜向阳光的芦苇叶上，我看到露水抱着翠玉的理想，缓缓升华。

3. 我爱的不多

"我爱的不多，然而会爱得疯狂。"①

死亡边缘的梦境，常常让我当成魔盒里的铜镜，那向我祈求的手，
是善意也是恶意，是未来也是过去。

我照例去河边汲水，照例看到平静的水面上，
一张俊俏的略带忧伤的脸，然后用嘴唇打破这片安宁与祥和，
让它更像内心的波澜，更像内心突起的虚荣，或暴戾。

再也熨烫不平的褶痕里，献血的人献出的不只是血液，
也是眼泪，也是罪恶的金钱和兽欲。
餐桌边缺席的是真正的饕餮者，后宫的厨房常常飘出来一股苦艾的味道。
我庆幸自己有一双穿越古今的翅膀，
我喜欢倾听博尔赫斯的孟加拉虎金黄的咆哮，那声音，像时间擦过圣诞
节餐桌上啤酒花的味道。

我更喜欢听到蜜蜂的翅膀在花房里煽动着大海的味道，多像我的指肚摩
擦在霜雪的窗玻璃上，划出孤独的味道，
那一个个湿润的圆，又多像我与他做爱的味道，甜蜜、沉醉、久长……

我有太多的鼓声隐藏在胸腔，但此刻异常安静，
若有陌生人人把手放在我的双膝，放在我的大腿，放在腹部、乳房，
从身后偷偷吻了我，吻了我的私密，我也没有性欲望，
我只会与我相爱的人在一起交尾、颠簸、疯狂，然后突然爆炸。

①引自布罗茨基的诗句。

4. 焦渴无限

要我怎么样感谢上苍，赐予我如此美丽的香草——

蜜蜂的曲子，蝴蝶的身姿，再加上我的激情歌唱，
如此美妙的时刻，我相信了春风忠诚的内心和花朵翠玉色的誓言，
我相信了裸露在阳光里的爱与爱情，我相信了一朵野花的天堂。

天堂里，我放出灵魂的狮子，让它在对方的身体里到处寻觅，
特别是在肉体与精神之间，它狂奔撕咬，它乖戾的行为暴露了我身体的
渴望，我并不为此感到羞涩。

这是我的天性，是温柔与野性并置的本性——
春风亲吻着我的胸脯，亲吻着香草一样柔软的唇，亲吻我雌性无比的下
肢，我就抑制不住自己，我身体像柳丝一样不停地摆动。

小红河上飘然而去的是天空剥落的星星，
坚持下来的依然是一圈一圈的涟漪，依然是我的荡漾。
我像发情的河马，没有什么能让我停止跳动和咆哮。

花开了，这上帝赐予我的最精美的果实，我怎么能舍得一饮而尽？
没有我的王，我如何能一饮而尽？
我多么希望他突然逮捕我，像饥饿的大灰狼要吃掉善良的小白羊。

这魔鬼般的疯狂的焦渴，驱使我到处寻找我的王，
在找到他以前，我想拥有一把锋利的剑，瞬间劈开这欲望的下体。

5. 火在唇上

所有的花朵都有爱的红唇，火在唇上燃烧，
又在唇上熄灭，
所有的翅膀都为火而飞翔。

当黄衫豆娘给我带来落日的红宝石，带来夕颜花的种子，
和两世情仇的藤蔓。许多妖魔的脸都躲进香蒲的枯叶，
钻进困兽的栅栏，等待圣经的裁判。

我终于摆脱了黑夜的覆盖，找到属于我自己的国土，
这是一片无边的幸福的土地，这里有芦苇和香蒲搭建的宫殿，
这里有珊瑚绒般柔软洁净的纱窗、地毯、床铺。

我开始真诚地接纳鞭子、酒杯、花瓶、陶罐，
接纳波萝蜜和浮萍，接纳西瓜的甜和杏仁的苦，
但不接纳谎言和欺诈，不接纳扭曲变形的灵魂。

有风吹过香蒲黄澄澄的鼓棒，爆炸了的绒毛随风飘舞，
是花瓣，是落雪，是青春，是时间赏赐的安逸和宁静。

我乐意待在这儿，任花瓣落我满身，
那一闪而过的电流，像指尖滑过绷紧的弦，瞬间拨开了我月光和流水的
前门，我开始在芦苇茎上吐露身体的渴望……

突然，两只手电筒一样的眼睛向我奔来，带着逼人的光芒，
向我扑来，是仇恨，还是热爱？
哦，都不是，是我的王，找寻我而来。他终于来了——

6. 炸弹宝石

时间让我回到自己的家园，在被海蓝色包裹的水域，
太阳拿出金黄的号角，对着满坡的金盏菊吼出嘹亮的歌，

我与姐妹们挣脱了枝头的羞涩，开始与铜锣赛跑，与月光舞蹈，
与裸奔的人体比三围，比智慧，比华丽，比思考……

这是一场美丽的错误——
两个体格健壮的斗牛士，带着仇恨的目光，把对方圈定在死的广场，
当圆臀大蜓将黄斑宽肩大蜓战败，向我扑来的时候，我突然吓得哭了起
来，尽管他那性格发达的肌肉是姐妹们追求的偶像。但是对于我，我隐约感
觉到他手上似乎有股血腥味，像从杀猪场走来的手握血刀的屠夫。我以一个
美丽的谎言慌忙飞离，同时带走了一只蓝色玻璃眼——炸弹宝石。

我累倒在大雾弥漫的苔藓上面，正巧，一只绿虎蜘蛛饱餐了一只长痣红
蜓。当它把凶狠的目光投向我的时候，那令人畏惧的瞳孔，像一个无底的黑
洞，我看到黑漆漆的深渊里似乎困着许多挣扎的冤魂。

我一边飞，一边叫喊，叫喊我的王，
我被那些鬼魂拽着，我想挣脱它们，想把它们一起拽出黑洞，

我不敢停止飞翔，我是它们的木柴啊，
我用尽全身的力气，将炸弹宝石扔了过去，
它们烟雾一样消失得无影无踪，我逃离了现场，再一次劫后余生……

7. 火燃烧了火

瞬间也是辽阔的——
请闭上眼睛，把我的微笑置于湖面上，不要从镜子里看她，
要经过小孔成像来偷窥她。

在人类想象的原始世界里，在半生命物质拥有灵魂之前，
蜻蜓就是巨大体态的怪物，现在人类要通过高倍显微镜，穿越时光隧道
来看我们的祖先。

当很多植物从土地伸出手掌抚摸祖辈刻满皱纹的脸，
我总能看到似曾相识的自己在水面上点水，撒播春天的种子。

我时常把妈妈的叮咛握在手心，向荒野宣告独立，
死神唇边的咒语又像夜晚犬吠的灯火一样，明明灭灭，让人心悸。

我不能离开我的村庄，我在等待另一个世界的声音，
我的王，会骑着时光的快马，从青杏的树头飞落，它会在一阵似曾相识
的风里，突然破窗而入。他需要我，如同我需要他一样。

我的英雄，我的王，他的每一次到来，都会狂风大作，
晃荡的梦境犹如隔世，直到时间停止坍落，他健硕的身影很快消失于时
光之外。

我听到那一片碧绿的发丝间，温暖而愉快的小火车，呜呜驶来，
我看到火燃烧了火，冰燃烧了冰。
遥远的阡陌，我听到笛声里的钟楼、烟雨、大漠、长城……
他快要找到我了……

第十四章 爱恨之间

1. 王的女人

是你将我的心壁戳破个洞，我慌乱地从那里破茧而出，
一弯新月下，我看到了你闪烁不定的目光，
我也有闪烁不定的身影。

爱你，是因为我的心总有疼痛，
爱你，是因为你的存在，我又看到了幸福，
这一生，我的幸福和疼痛，注定要像盐蒿草和盐，一生纠缠不清。

当你抱着她，走向奔腾的江水，我希望那是我。
如果时光可以轮回，我一定会放弃一切，奔向你的怀。
在爱情和亲情之间，你选择天下太平的爱，我选择不能离弃的亲情。

这一次，我把手心里的温柔全给了你，
而我的指尖，却留下了永远的刀痕，在无以言说的漫长的沉默里，
我是一株低到尘埃里的小草，但心存温暖，并为你一年四季地绿着。

2. 潮声不断

不可能让他从另一座宫殿回来，他正在与皇后交媾，
我必须像母亲一样，走出地震的中心，走出荒漠。

每当我困顿地躺下，我腹内那些孩子像奔跑的小兽们哭喊着，
它们也在忍饥挨饿，他们像贫民窟里枯瘦如柴的讨乞孩子，
从今天起，我是受孕中的母亲，也是父亲，我不能再抱怨夏的炎热，冬
的寒凉，我必须自立，让它们成长起来。

夜神，请把我的眼泪拿走吧，让我能看到月光照不到的丛林深处，
成群的苍蝇和蚊子，我要吃掉这些坏东西。
走向死亡的人就不要回来了，我也不能改变上帝的旨意。
既然选择活着，就要找到活下去的能源，要为孩子铺好一条阳光路。

当温暖的阳光用舒缓的手再次抚平我内心的伤痛，
我似乎看到许多寂寞的孩子在水面上跳舞，它们是另一些生命的开始，是
未来大地上的神奇之光，是普照大地的佛光，那是一个拯救人类的精灵世界。

现在，我的幸福就是，成功地捉到害人的蚊虫，
成功地吃掉它们，成功地看到腹部的妊娠纹一圈一圈地变大，成功地感
受这些神赐的精灵们，在我粉红花蕊的床铺周围欢呼雀跃。
这一个个小太阳，照射着一朵肥硕的花，我在花心里安恬入睡。

无数次的闪电和喜悦胀满我的双翼，我的腹部越来越饱满，
我乐此不疲地穿梭在黑夜与白昼之间，
当这些小生命出生，我就成为一只完美的豆娘了。

3. 死死生生

那个人走进远处的灯盏里，又被更远的黑吸走，
那个人留下女人、孩子和病床上呻吟的老人，独自跳进巨大的火炉，
那个人的灵魂在梨树下一闪而过，似乎幽怨，似乎悲戚。

哭啼的山菊，火焰一样，慢慢将送行的队伍烧成灰烬，
站在田埂上放哨的灯笼草，也在无尽的悲伤之后，燃烬了自己。
那一片山坡，像大地裸露出的一块烧毁的肚皮。
我常常在落尽了星辰的暗夜，听到那里翻身的呻吟，
我害怕极了，因为那声音象极了我病中的父亲。

当落日的回眸将我焦灼的翅膀绣上七彩的花边，
我惊奇地发现，所有人都将出生和死亡推迟到了下一个世纪，
原来人类不死的原因是，是在悲伤中麻木迟钝已久。

当遥远的村庄被星群拉来的黑丝绒毛毯彻底覆盖，
我知道亲人们将离我越来越远了，我快要看不清他们的模样了，
我躺在一滴巨大的泪水里，拒绝与湖面上跳荡的月亮交谈什么。

我看到了博尔赫斯没有看到的"金黄的老虎"，这些滚动的生命，
火球一样转动着，从地平线的一端滚来，向地平线的另一端滚去。

又有一些新的生命将从我的腹部，从我的尾部出生于这片水域，
它们将生活在这片山坡，环绕着我的村庄，及村庄里的亲人。
这些跃跃欲试的小生命，令我兴奋、骄傲，又无比忧郁。

4. 这是我的

这是我的性器，我自己的，不要碰，
我留给万物以身体，但我的性器，只留给一个人，
这个人死了，这个人没有死，这个人的灵魂与我同在，
睡吧，亲爱，我们同在。

空虚的是亭台楼阁，是冰冷的建筑物，
我停下来，是因为我为过去的歌唱而歉疚，当我粉碎了虚幻的影子，
悄然离去以后，人类开始向风诉说我的矫揉造作。

那全都是为了你，我的王。
在忧伤的右边，薄暮之路的向日葵那张蜜蜡一样的脸，圆了又扁，扁了
又圆。那从未放弃过的乡愁，像一把梳子，我为一堆断发而哭泣。

这被诅咒过的生命权威败阵于一个有理想的人，这是奇迹。
大地上的虚空和无物之间有丝弦作响，
在这个拳头与刀剑时代，再无人真正愿意沉默。

否则只有死路一条。
死在无人为沉默者陈述虚空和万物之间的真正关系式上。

5. 只争朝夕

在一片废墟面前，我跪下来，
一场风暴吹走了我的头发和衣物，吹走了教堂的祈祷和钟摆。

丝绸般的月光缓慢攀爬着天堂的石阶，在安静的经卷旁边，
我抱着弯腰的芦荻叶，像抱着一段弯腰的忧愁。

生命是向上帝借来的一段光阴，过短与过长，都让人害怕，
钻石取火的人消失了，发明造纸术的蔡伦也走了，举杯的时候，
我发现了打火机，它已经把一根香烟燃烧到尽头了。

我感觉到了疼，像要摘除掉我身上同时萌发的花朵与毒药，
我认定，我是我自己的女儿，也是我自己的母亲、丈夫和儿子，
一座城堡瞬间被大风吹走，我的影子被胡蜂们撕扯成一地星星的惊叫。

有人总想从我身上寻找到通往另一个世界的窗口，
我拒绝被任何人解剖和燃烧，
那些人的嘴唇都将成为风的缺口，
他们将被蚯蚓拖拽到深深的泥土中。

6. 爱恨之间

白云之间的那条船，多么让人喜悦！
我喜欢日子里的湛蓝，像辽阔大地上，袅袅的佛音，
像一个人不经意的幸福的泪珠，落在柔软的棉被上，

像涨潮的水一次一次将海滩的腹部温暖地抚摸，像车窗外，
淫雨霏霏的日子里，有人突然伸来双手，轻轻抱住了腰……

爱一个地方，恨一个地方，有什么用呢，
人不在了，恨还在吗？就算人在，心不在了，爱还在吗？
我恨那双偷走我多年积蓄的手。其实存折上只是一个数字而已。

但我为了这些数字，努力了半生，要怎么样才能脱困，
才能奔上小康，才能有车有房。这一切能换来一个真爱吗？
我陷入了无边的思索中，我被梦牵制成牢笼里的母狮，
我想得到那光彩夺目的桂冠，想有轰轰烈烈的爱情，有温暖的家，有一
群孩子环绕，想有自己的山川河流，其实啊，我只想有自己的王。

在爱情与仇恨之间，火一直在燃烧——
得到一个永久的拥抱多么难！看着它慢慢消逝又是多么难！
春风带来一大片汹涌的绿，不停地在我的眼里将它涂抹，
直到我什么也看不见……

哦，我的王正躺在另外一个女人的怀里，他已经忘记了我，
我什么也没有，只有月亮在两座乳峰之间垂钓着寂寞的心，
我的内心装满了大雾和黄沙，风一过，我就空空如洗。
我已经装不进任何东西了——

第十五章　剑气箫心

1. 赤裸裸的早上

我喜欢这个赤裸裸的早上，
我数着我的手指，我数着窗外玉米地里的雨声，
当公鸡鸣叫最后一遍，我们又赤裸裸地在一片柔润的花瓣上做爱，
那时，蟋蟀已经安静下来，蚂蚁们开门打扫庭院，
纺完婚纱的蜘蛛们正在分享它们的战利品。

你叫我张开小小的嘴巴吮吸花瓣上的甘露，
我看到一个光着屁股的男子钻进桥洞，他叉开腿尿尿的姿势像头驴，
我喜欢山涧小溪水的声音，和着我们做爱的噼啪声音，
成为这个早上最美的歌，

西西佛的石头又滚落下来，很多鸟们开始议论余震。
这不能怪我们，我们也有自己的生活方式。

现在，我们都很疲劳了，一起分享一条胖毛毛虫吧，
它体内的蝴蝶已经隐约可见，吃了它，你就能看到我幸福的模样了。
我不仅拥有蜻蜓的款款，还有蝴蝶的翩翩，

谁在青杏的枝头小声说话？谁正穿过走廊，向我们走来！

2.嘘，小声点

嘘，小声点，不要让死者听到喧哗，它们安息了。
不要再伤害一位遗憾的死者。

他不久就能长出耳朵、嘴巴和鼻子。他正走在另一个世界的路上。
不要把我们的痛苦再加到他们的身上，
让它们发芽，开花吧，这是他们最想要做的事情。

水车转动，水车帮我们抬高了时间和身姿，
我们把头发也搭上水车吧，我们把梦想也搭上吧，
我们把孩子和家庭都搭上吧，我们只为更好的生活而生活。

哦，奔跑的老虎，咆哮的狮子，你们帮我将不安的夕阳按住吧，
我暂时不想坠入黑暗，疯狂的田野也不愿意这么做。

哦，上帝的鞭子抽在身上多么疼，我也得马上发芽开花了。

3. 剑气箫心

在水仙花和风信子之间，有一条很长的青草小路，
我时常在这条小路上遇到播撒爱情的妹妹和骑马的哥哥，
他们一个是花朵，一个是白云。

他们都是由骨头和肉组成的，他们害怕我的存在，
他们视我为眼中钉肉中刺，我是他们之间锋利的刀。

我时常坐在理智的中心一声不吭，
看他们一个将另一个拥在怀里，或一个将另一个压在身下，
或一个将另一个含在嘴里，或一个将另一个消灭在内心。

我时常左手箫，右手剑，遇到真理我就吹箫，遇到欺诈我就舞剑。
遇到女人我是箫，遇到男人我是剑。

我不是箫剑，遇到叫我箫剑的人，我抱拳礼让，
那时我太年轻，不懂得掌纹间的那根爱情线与河流是什么关系，
只知道这一生都要跟风赛跑。

后来，有个英俊的男人在岸边的柳树下示意我与他同坐长椅，
那时柔和的月色从他的眼睛里流出来，是云，是花，是缠绵不尽的爱。

那一晚好美，他一直是剑，我是箫。
那一晚，我们都是风，是刀子一样的风，是让花朵和白云嫉恨的风。

4. 引　诱

那只鸟在呼唤我，在梦中呼唤我，
在清晨的小树林里，它呼唤的姿势像阳光一样纤柔细长，

它不怀好意思地呼唤我，它想得到我，像得到上帝的一顿美餐，
在大地长长的阴影里，我不敢暴露我甜美的细腰，
我给它的梦，只是一团血红的沙棘草。

它从皇帝的龙椅上呼唤我，
它磁铁一样的声音将我的心深深吸附了过去，我死定了，
我知道，一旦我碰着它，就像火柴遇到火，我将灰飞烟灭。

它又在粉红的桃枝上呼唤我了，
又轻轻叩击我的窗了，我实在按耐不住，应和它的声音飞了出来，
我知道我错了，这是黑夜与白昼交替的时刻，

这是人间和地域的分界线，可怕的寒气瞬间将我冻透，
我的翅膀结满冰霜，我赤裸的身体，开始萎蔫了下去。

我需要火，快给我火吧，我愿意浴火重生……

4. 实相现形

她没有体温，没有怜悯，连同情心也没有，
她被焐热以后就对着他胳膊上的肌肉咬了一口。

从疼痛到失望，再到绝望，时间逐渐在宽容的面前筑起高墙，
高墙内外水深火热，
流血的他在不知不觉之中发现，墙乃防君子不防小人也。

揭开高墙上的每一幅画，画的后面是孔洞，
每个孔洞里都有一双窥视的蛇眼，枪一样指着随时能醒来的流血之人。

三角的，多棱的，近视的，远视的，复眼的，单眼的，千里眼的……
受伤的他厌烦了这些眼，厌烦了这些说三道四的眼。

他想一走了之，他想突然失踪，巨大的高墙，让他很绝望。
他想一死了之，但中毒不深。他气愤极了，脱光了衣服，

对着高墙上的无数只耳朵吼道："妈的，有本事再来咬我一口，
有本事你再死一回给我看。"

6. 画笔女人

一只刚沐浴过的画笔，独自躺在墨盒里，落寞、等待，
她披着白色睡袍，那么瘦弱，像他怀里的美人。

给她一个微笑，一口热气，一个深深的吻，
那爱的潮水就从她的脚尖汨汨流出。

窗户开着，门开着，
除了窗台外的一声猫叫，让她发抖惊悚以外，其他什么声音也没有。
沐浴后，湿漉漉的裸体的她，用白色浴巾裹着，像裹着一滴庞大的凄清
的泪，而她脚尖流出的，却是无限的情愁和梦想。

她百合一样的腰肢，曾被他揽着，抱着，曼舞在一首诗里，
他是那么地痴迷于她的月光下，情意绵绵地诉说，直到她流尽了内心最
后一滴墨水。

现在，宣纸就铺开在她身边，她很想滚进墨池，一人独舞。
她是多么想在宣纸上划开那条碧波上的小舟，一个人去很远很远的地
方，让他再也找寻不见。
而不是现在，只要他推开门就看见她，云里雾里胡画一阵，
将她扔在墨池边，转身就走。

7. 四月的天空

这是一幅绵延到北宋《清明上河图》的画，它是永恒的。

它的颜色每一天都在更新，疏林薄雾，梦境移舟，

父亲忙碌的身影若隐若现，几个挑担子的农夫，突然变换装束，换乘大巴直奔春光里的郊野。

因为光和时光，汴河的水从画里流经到现在，我的面前，

真的难以想象，拥有了灵魂的万物也都跟随时光往回狂奔——

有人喜欢茶坊，有人喜欢绸缎布店，有人喜欢背篓，有人喜欢住茅草屋，还有人仍喜欢用北宋的香火纸钱祭祀。

我仍喜欢站在木质虹桥上，叫住人力车，给他九文钱，他就将我从开封府拉到天波府，再给他二文钱，他就将我拉到鼓楼夜市吃红薯粉，火烧夹羊肉，喝杏仁茶。

四月的天空，有人在八仙桌的一角睡眠。

风中刮来冰糖葫芦的叫卖声，汴河里浮出许多白菊花的梦境。

飞鸟的翅膀一遍遍擦洗着天空，一只碧蓝豆娘停落在我的湿润部位，

我想起了西红柿旁边优雅的眷恋，想起了时光里的陀螺，

它旋转着，它曾让我快乐至死。

第十六章　浮世尘烟

1. 镜头里的时光

性感是会消逝的，而魅力则可以永恒。

我决定离开那座燃烧的城堡，离开两条毒蛇对我的追逼，
在卢修斯巫师的帮助下，我奇异地死去了，
这丝毫没引起国王和臣民的怀疑。

死亡是件多么幸福的事儿，因为我又在另一个地方出生了，
温软的沙滩，蓝蓝的天空，我赤裸着，躺在温暖的臂弯，
像躺在春天巨大的花园。

当我想吻去蛛网上丝绒般的潮湿，
我看到远处的城市灯火，有许多凄凉的灵魂，到处游荡，
它们的阴影延伸到了山脊的每一棵桑树叶上，延伸到了千里江陵。

我不允许这为恨而生的夜晚，没有人类温暖的呼吸，
相同的城市、乡村，相同的树林、月光，相同的相爱的气息，
都通过窗外的酒旗、战马，及响亮的号角，掉进镜头的深渊。

黎明的阳光擦着我身边空空的火柴盒，
它们经历了怎样的黑暗，和黑暗中的挣扎，才返回到我身边？

2. 珠　贝

"一个为爱而生的美丽女子怎么会突然死亡，应该是失踪……"

爱情的指环在国王的手心旋转了无数次，他看到了王后，独自一人去往另一个世界，她正被黑暗势力一点点侵袭……

"她是我一生不能丢失的珠贝，我必须去救她……"

时光隧道里，有门突然开启，

年轻的王子掉落在一朵玫瑰花瓣上，瞬间晕了过去，

他在一勺蜂王浆的蜜甜里悠悠醒来，好熟悉的脸庞，好熟悉的香草味，好熟悉的脚步声，好熟悉的呼吸……

"路人，你从哪里来，怎么如此饥饿？你那里是否也发生战争？"

王子睁开闪蓝丽大眼睛，看着眼前这位身材修长静美的女人，心想，原来她已经不认得我了，是谁取走了属于我们的日子？

秘密的陶罐不能打碎，我必须重新纺织我们的生活。她的房间铺设非常简洁朴素，院外似乎有无数双眼睛盯着这里，王子明显感觉有了竞争对手，有了压力。

他明显感觉到属于他们的原来的那片家园已经成为废墟，属于他们的那条漫长的河流已经变得非常瘦弱凄凉。

"这里的空气已经被污染，浓雾里时常有毒气和沙子，路人，请你快点离开这里吧……"

"我病了，翅膀有伤，我暂时离开不了，可以容我住一宿吗？"

"可以的，吃了这些点心就睡吧，死亡已经在灯芯草上蔓延了，我先安排孩子们安全离开……"

3. 生命之门

一条肮脏的河流终于停歇下来，

像一段屈辱的历史终于溃散于课本，感谢那些会唱歌的孩子们，他们甜美的歌声终于驱散了河流两边扩张的燃料厂、化工厂……

一只黄蝴蝶翩翩飞过我的肩膀，它带来了这个夏末的恬然和安静。

我看到了一条柳叶船，带来了初遇的那个夜晚的花灯和小巷，好闻的气味来自于两个汗流浃背的年轻人的身体。

想起碧翠蜓胸口的大海和撩人的波浪，

想起草木繁盛的季节，飞鸟和游鱼的故事让海天相接，想起闪蓝丽大蜻蜓蓝色的身体，蓝色的爱恋。站在秋天的入口，大腹便便的我多想把驿站的风雨全部倾诉完。

打开生命之门，我惊喜于这些小小的生命给我勇气和力量。

我时常流泪于孤独的庭院，扶着紫荆花树把寂寞的影子像月光一样移来移去。它们总是在腹内踢我，让我回到现实，抚摸它们。

这些调皮鬼们，啥时能理解大人更高远的理想。

一树苹果将初秋的月色压得很低，在一个人的眼眸摇晃。

幸福的生活应该从第一个红苹果坠落开始，到最后一个红苹果腐烂结束。我这样想着，下腹的疼痛让我再也直不起腰来。

在去往晨曦的路上，我听到了孩子们幸福的啼哭，它们要出生了……

4. 西窗烛

精诚所至，金为石开——

走过那片红枫林，就是我们的家了，
这美丽的岛屿、山岗，都是菩萨赐予的。
爱妃，忘掉被地震毁掉的一切吧，"嗯……"
真实地过上人间的生活，当一回农妇，我做饭，你挑水，
我的王，从此叫你阿哥，你叫我阿妹，"嗯……"

哥哥，快来剪剪西窗烛，
你看我剪的这对恩爱的鸳鸯图好看吗？给你绣的香包好看吗？
妹妹，都好看，但都不及你脸上的春光美。嗯，讨厌……

明天我把东边的田耕完去街市给你买把桃木梳子，买个铜镜，
嗯，归来时，路过涧水河，小心点……
会的，因为你，我才来到这个世界……

这雨怎么越下越大呢，河面上为何漂着那么多玫瑰？
亲爱，你在哪里？是谁的魔杖将你淹死水中？桃木梳子、铜镜、指
环……我的王——

要将你救出来，将你的身体和灵魂复原，一定可以的。
你的爱，你的生命，不会终结，不会的，不会的……

5. 无可奈何

花瓣张开小红嘴的时候，阳光开始从香樟叶上往下滑，
铁丝网上做爱的两只豆娘，将蓝色的天空压得很低，
将路人的视线抬得很高。

突然的风，带走了唇间最后一滴晨露，也带走了黑夜和黎明的对话，
一只俊俏的小豆娘孤独地寻找于油菜花中，
她抱着最后的不舍和最初的谎言，
哭泣于每朵黄花蕊。

一双越过黑夜的粘满腥气的大手多么让人恶心，
处心积虑的阴谋多么令人气愤，正义、忠诚、血泊、暗杀，
炮轰、鸦片、条约……多少人，活在黑暗里，活在被愚弄的社会，
活在、虚荣和伤痕里，活在一个人隐秘的思维里。

一只俊俏的小豆娘，喜欢将心一分为二，
用一半的温暖拥抱另一半的寒冷，
那些对着镜头往里面张望的人，和她一样，不知不觉丢掉了过去，
又不知不觉陷进仇恨的泪水里。

一阵风吹来，吹过大片的油菜花，仿佛吹着她无限的慈悲和寒冷，
吹着她无限的爱恨情仇，那是一个时代在她身上烙下的伤疤，
她数着无数的悔恨，慢慢消失于油菜花丛的深处……

6. 朝花夕拾

"故园的那根葱，张着露珠的嘴唇和眼睛，让我流出一生的泪水。"

那些开花的蔷薇，突然在一个下午全部凋落，
我想起久远的岁月，我的哥哥曾从一面墙上露出他抑郁的眼神，
那时有一双小脚从他眼前的小路延伸到时光之外的田野。

我将门窗关闭，我害怕闻到相同的气味，
我那贪婪的味蕾，总喜欢在一条开满鲜花的河流边，搜寻他身上的花粉味。没有人知道，他身体的汗味多么迷人。

没有人知道他的唇齿间聚集着千万只蜂鸟，
更没有人知道，他搂着我的腰的时候，千山万雪都被融化，他催发了我体内珍藏了一年的种子。

我痛苦的花园，当我咬住的不是鲜花，而是你苍白的面容。
我新奇的爱人，你要过多久才能再次出生？
我用眼泪来喂养你，我用爱的呻吟来催化你，
只要你还记得我帮你揉背时，你挠我胳肢窝的快乐，记得那一天除了打闹就是打闹，那一天很无聊，但很永久。

7. 浮世尘烟

北方的春天，春天里的玉兰，像芬兰·索德格朗梦中的白云，
都有突出重围的梦想。

它们是一群在大地上裸奔的少女，跑着跑着，就怀孕了，
跑着跑着，就生出一群孩子，散落在世界各地，
跑着跑着，就流水一样躺了下来，躺在十月干枯的怀里。

一个被月色吸干了的影子的白玉兰，
那些喧哗之声来自体外，来自魔镜里的另一座城堡——
有个男人贪婪的眼睛，为她解开笛声一样柔美的裙带，
解开她臂膀凝脂一样的玉肌，她的眼睛如紫葡萄一样鲜美于酒杯的旁
边……

一棵白玉兰的城堡内，一只豆娘看到另一座城堡里的酒杯，
她想打碎它，但摸不到。她走出圆月的家，
西江月里没有鸣蝉，夜风敲着秋韵，哦，都是恨啊！
从那片水域的深秋开始，豆娘恨的是芦苇叶上摇晃的空城，满城飘着雪
花和伤痛。豆娘从此不得不喜欢茶叶、咖啡、及各种形状的红黄药丸，用来
保持清醒。

爱情枯萎在花瓶里，有罪的人不死，
倚靠石桥栏杆休息的神，用一只手遮盖镜框，另一只手拍打狂吠的
狗，
每一个过路人都在他流泻的低语里拿到了福祉，

而豆娘始终没有走过去，她找不到自己的家。

被月色垂怜的她，得到了一把通向未来的钥匙，面对紧锁的铁门她再一次犹豫了——

经卷抚慰人心，可惜

不解饥渴——

第十七章

第十七章　月色独吟

1. 陌生人

这个陌生人，他已经走到时间的拐弯处，
他再一次回头看了看我。

待我想揉开眼睛，看看他究竟是谁的时候，
他沿着夜晚的篱笆墙突然消失，像突然漏进大地的裂缝。

我清楚地听到，他最后和我说的话："夜晚不要随便外出，
篱笆墙外有个池塘，池塘里的水很深，水底有水鬼。"

我时常坐在池塘边看时光从水面上轻轻走过，
时常看到池塘被放干了水，里面除了鱼、虾和淤泥，什么也没有。

然而，每当圆月当空照，我就听到有人在池塘里哭泣，
那声音似乎是陌生人的，似乎是水鬼的。

2. 异乡人

异乡人，你要到哪里去？
你背上的盐粒是祖母遗留下来的吗？你身上带了足够的钱吗？
否则路上你将死。

引你北上的南风，背着一大堆的怨恨和忧伤。
黑暗将你扔在山坡的坟地里，不要在那里哭泣，否则，
你将撞见鬼，撞见好心的狐狸。

不要怕，那只狐狸开始是只猫，悄悄跟着你，
与你一起观望考程和身后的漫漫长夜。
在天狗出现的时候，它就悄然离开了。

异乡人，继续赶路吧。你体内还有未燃烧的磷，
北斗星指向正北的时候，也是你金榜题名之时。

记住啊，有个女人的灵魂将跟随你的江河一直流到大海，
一直沉没在那里，等你。
当她得到了天空中那一道完美的弧，你的生活就重新开始了。

3. 小　偷

进来吧，小偷，这里没有什么值钱的东西，也没有什么好珍藏的，
仔细检查一下吧，我的毛巾用旧了，我的衣服穿旧了，
我的心脏，也磨旧了，还有，我的爱情也旧了。

还有那张合影照，已经被日子烤黄了，如果你喜欢，拿走吧，
只是这里明月和流水，就不要取走了，
是谁把它们遗忘在这里的呢？是谁？
你把那位戴鸭舌帽的女人领走吧，读她的时候，让我充满了无限伤感。

最后请你把那朵塑料玫瑰花带走吧。
永不凋零的爱情是不存在的，就算存在，也是一种假象。
事实上，我一直在忽略周围的假象，没有扎根的爱情，是不可靠的。
稍有不慎，就有跌落的危险。

你将这一切带走以后，天地将怜悯于我，
要为大地歌唱，为万物歌唱，为自己歌唱，一直歌唱。
我要继续保持一分真爱和仁慈，越过最高的山顶，滑进更远的某地。

在那里，遇见我的亲人和王，我的未来充满生机，
小偷，你走吧，我没有绝望到死。寻亲的日子里，我累并快乐着。
对于未来，我不消失，也不放弃，内心更加宽容、辽阔。

4. 哥 哥

哥哥，你为何在温热的黄昏走进我的海湾？
你背上的盐粒是祖母遗留下来的吗？

一粒诚实厚重的盐突然让黄昏的眼睛感受到了针刺的疼痛，
白色的，奇异的疼痛，在黑暗到来以前，重复燃烧于红杉树下。

你体内是否有燃烧的磷，我只有一根火柴了。
令我心跳的哥哥，告诉我佝偻的玫瑰，如何在冬季换取青春？
我无法对我的脉管开口说"爱"。

你是怎么样吸干老山泉的，
你的风暴之后令我沉默不语，水蛭一样吮吸着我的血液，

现在，大地的脉搏慢慢变缓，亲人的墓穴空无一物。
月光与湖水融为一体，欺诈和欲望融为一体。骗子和小偷融为一体。
当官的和金钱融为一体……

哦，哥哥，我们融为一体吧，
世事五观都将毁灭于海水和黑暗。一颗有爱的心才是永恒的。
我们相爱吧，因为只有爱和爱情才会永生。

5. 四张机

她一直在四张机上绣一朵花。
那朵花无论如何也不开。
如果它开了，世界将因她而改变。

花是红的，日子是绿色的。
这是一首凄美不变的歌，在一张琴上有节奏地变化着。
被琴声照应着的她发现自己悄然绽开了。

她像一朵喇叭花一样，赤身裸体地开在寂寞的琴弦上，
那诱人的香气，从山崖那边袭击而来，抱紧官人的梦，
吞没掉人间所有的溪谷。

她是被强盗蹂躏的，那个蒙面的强盗是从幻影里突然出现的，
被蹂躏之后的她，奄奄一息地抱着自己的香气，
将嘴唇轻轻放在枕心。

另一个她从穿衣镜子的深处向外凝望，
她看到自己将窗外的雨丝拉近琴弦，在烟雨茫茫的海边。
她听到的不是歌，是浪花，是浪涛拍岸。

她一直在四张机上绣一朵花。
那朵花无论如何也不开。

6. 启明星

当我把启明星置于天空，所有受难的人都获得了救赎。
所有鬼怪的阴谋都被拆散。

太阳注视着大地，注视着人类的灾难，它想把大地燃烧。
受困小草，彼此将生命抱成团，它们紧紧地护着大地的皮肤。

夜幕降临，柔软的草地，同样爱抚着从上面踩过的脚心。
善良的人，温和地走进灯光，迟到的月色搂着溪涧，途中自生悲凉。
芦苇和豆娘同时向牛心湖弯了弯身体，湖水平静如初。

我获得重生了，然而我已蜕变为普通的豆娘，
我把身体和灵魂都献给这片丛林，那里有我们的家。
年轮最终要屈服于命运的安排，只有信仰成为永恒。

其实人类所做的梦，都是向着另一个肉体的经历和死亡的过程。
不朽而又富裕的人类，看不到真正的金黄和贫穷。
因为镜子是骗子，人类自己是自己的骗子。

7. 我的孩子

在沉睡的一切之上，我的孩子，是开在云朵里的花。

他握着一把利剑站在城市的中心，目送候鸟飞往彼岸，
他刺破被人群挤压的城市心脏，同时也捅开了一条通往自然花园之路。
那时，我正越过一些黑，走在尘世的烟火里。

有些石头跟随我多年，不愿意吐露半点哀伤，
我只能在一闪而过的灯盏里，剪辑一些碎片，包扎雪夜里的刀伤和枪伤。

如果月光、沼泽地、沙漠、枯树都能被激活，
如果我还能像一条历史的长河，很懂规矩地流淌，那么我和孩子面对大风、火焰、炸弹，定也无所畏惧。

我很想为孩子溢出更多的晨曦，更多的蝶翅，
想为他搭建最好的楼房，在我身体的岸边，一定离城市很远，离硝烟很远，离人类很远，离欺诈和压迫很远。
一些容易被冬遗忘的事物，如大海、木屋，甚至柔情，都将被灰色的玻璃隔在世界的末端。

孩子，我的宝贝，黑暗继续下降，
我们必须用衣服裹紧内心的那一点点幻想的幸福。

第十八章　不死之黍

1. 我们是兄妹

来，到太阳的身边来，你是个弃婴，是个流浪儿，我也是。

我的眼里没有风景，只有面包和牛奶。
但无论我看到哪里，哪里都被迷雾遮蔽，仿佛这个世界为魔鬼而生。

当我把脸靠近玻璃橱窗，我一方面垂涎橱窗内的烤肉烧鸭，
另一方面要提防背后警察们的暗算，我并不恨老板的固执吝啬，
我只恨抛弃我的父母。

来，到太阳的身边来，我是风的女儿，你是土地的儿子。

只要听到风的声音，你就愿意奔跑，为饥饿的胃，为饥饿的生命。
从前你将我掩护，以后我要将你掩护。

你看，越过这片贫瘠的山冈，我们就找到太阳了，
我们最大的困难不是饥饿，而是泪水，是淹死冬天的一滴泪，
它已经将我们的思想和灵魂冻结了，

来，到太阳的身边来，我们是兄妹。

2. 十步芳草

"与其抱怨这个世界和人类，不如保持沉默。"

爸爸通过狗尾巴草展示自己的生活，妈妈通过炊烟柔软子女们的思念。

我和姐姐之间，有时争吵，有时打架，我们一直像啤酒与面包，各自保持自己的味道。

大脸，小脸，圆脸，方脸，奇形怪状的脸，铺满整个田野，

没有人愿意去辨别一张脸的深厚浅薄，包括我们。

那一段时间大字报，被批斗者反复拿来阅读，驴耳朵都被太阳光线牵引着，空旷的田野里，不再演奏贝多芬的乐曲。

时间像落暮时分的摇椅，摇着摇着就把自己摇进黑暗中，

我喜欢历险，生命的历险，我时常一个人跑到田野去谩骂一些人，骂过之后，我觉得非常舒适，非常爽悦。

尘世的痛苦日益增多，谎言和欺骗像臭水沟里肆无忌惮的苍蝇，

我只有一次一次往田野里跑。

后来我长大了，却遭遇老巫婆的咒语，

那致命的阴影，没有人能驱除干净，我成了自己的魔鬼，

我时常为了名声、金钱、地位，在内心深处算计和暗杀一些人，我终于满足了日益膨胀的虚荣心。

站在人群中间，我成了异类，成了被人唾弃的小丑，

我想洗净自己，我跳进了一面湖水……

当柔和的光线被一根一根抽走，我沿着湖水的波纹一路游去，我看到波纹的那一端是次第亮起的万家灯火。

那里非常温暖，我开始在自己的墨迹里消融……

3. 不要——

不要对冬天泄漏我们的悲伤，否则悲伤会加剧。

想想炉火，想想钟摆的嘀嗒声，想想教堂的祈祷声，
我从未听过音乐，但我能看到音乐，
它一下一下应和着我们的脚步声，歪歪扭扭地走向黎明。

我不再与父亲相认，不再接受他的内疚、悔恨和疼爱，这么多年，
我一直热切地守望着湖水、月光、星星，守望一条回归之路。
你看，一条青石板铺就的道路，长出了岁月的苔藓。
我的等待变成了永恒。

你看，小鸟的翅膀与春风多么接近，在时光的深处，
在那座神圣的海滨仙岛，在北风和南风共同鞭打过的礁石上，
海蛎子用它们的身体建造出了自己的宫殿。

你看，泰山松的手一边抓紧陡峭的岩石，一边伸向静寂的夜空，
多像埃里蒂斯的《忏悔在展开》。

现在，我们可以在这湖边搭个茅屋，让茅屋朝向大海，梦想西方，
茅屋的周围有足够的粮食和水，有足够的春天供养我们。

4. 我必须——

"我必须抵制那些容易让我侵犯的东西——"

我必须像一棵树，用绿叶裹着哀伤而走，
一旦黎明打开黑暗的烟幕，我就马上释放寄居在体内的灵魂，
这些灵魂，包括我的，还有死亡，未死亡的。

这是一个又甜又酸又苦的世界，我的小木屋收藏鲜花、美人和香草，
它拒绝污秽和咒语，它站在一条红河岸边，站在我的记忆里。
在这里，我忍受着微小事物对我生命的侵扰，任何一种阻止我前进的东
西都令我惊惧，

有时，我不得不停下来思考，花费很多的精力和时间研究它们，
直到它们与我有了共同的生长的方向。

小木屋后面有一张巨大的网，许多怪异的脸对着我微笑，
网的后面我看到有一条柔软细长的马尾摆动，我对那些说三道四的分叉
的舌头充满了憎恶。

小木屋的前面，许多遭难的人类，总想从砖块，石缝，土堆里爬出来，
可惜那些在树下照镜子，并向湖面和月亮倾诉的人们，
并不知道生命返回之路，他们睡在土地里，一睡就是一个世纪。

他们想爬出来的时候，人类开始深深地拒绝他们了。
因为他们已经不属于人类，或者说人类变得越来越不像人类了。

|第十八章　不死之黍|

5. 不死之黍

"经卷抚慰人心，可惜不解饥渴——"

炊烟沿着无声的篱笆入梦，我已经沿着橘红色的黄昏走向衰老，
一条路曲曲折折，我小心翼翼地行至终点，
停下来回望落日，它已经淹没在人间。

我不想听一条河流所传的流言蜚语，白杨树仍然沙沙作响，
落叶下仍然叹息声声，忧郁仍在阴影和树干之间滑行，
我要离开了，以后没有人会见到我。

那个想在我身上涂抹腊油的长胡子的男人，更不会找到我。
这个世界我似曾来过，我无法判断一个从泥土里爬出来的人，
是否经历过一个欢乐而又短暂的春天。

我在这个世界什么也没有留下，除了炎热的夏季在我的皮肤上划下的刀
痕，除了我握笔的手，在石壁上留下的痕迹。
我的思想也将在转身那一刻冻结和死亡。

"玉米是东方的不死之黍。"永远不要收割，也无须播种。
要相信它，它一直站立在那里，从永远直到永远。

6. 萤火虫

这里有一个男人和一个女人，

他们死了，但他们的骨头和翅膀还在，灵魂和爱还在，

还在萤火虫和月光经过的时间里震动秋天的刀刃，

也许审判长看到了，刽子手看到了，烹饪大师看到了，

没关系，在湛蓝的天空里，看到与看不到都是无罪的，有罪的是长成蜘蛛模样的人。

夏风哭着哭着，就找不回家了。

萤火虫将灯光穿在身上，它看见了摇晃的村庄，但它所爱的人都不见了。

那位面容安静，被雨水不停地分割的女孩子，只有一双眼睛还在，

萤火虫想找到装在瓶子里的人，但眼睛拒绝回答。

萤火虫哭了，在一个新生的寂静的冷漠的小乡村，它找不到温暖的瓶子，

以及瓶子旁边一双谛听的耳朵。

那个男人和女人还在比画着路的形状，

他们从来没怀疑过自己，曾经离开过一支从村庄偷偷跑出来的画笔，

只有那只萤火虫，在笔尖闪烁，令画笔无语，令刀剑无语。

7. 中秋之夜

今晚，我偏居小镇一隅。

这一生，好像第一次看到，如此耀眼的宝石，看它一眼，就想再看它一眼。

我所有的积蓄买不起它。

宝石在深蓝色的湖水里，慢慢下沉，像一颗心越来越凝重。

孩子睡得比月光湿润甜蜜，爱人的呼噜比雷声还大，窗外的蛙鸣覆盖了我大海般的忧伤……

多年来，我所仰望和追求的，无非都是生命里的美好与虚无。这个夜晚，我的忧伤和圆月一起旋转，下落……

窗外花草露重，秋虫呢喃哀怨，我像小草一样，柔软地躺了下来。

在圆月即将崩溃的刹那，我圆圆的内心和他厚实的双唇都如一朵中秋的小白菊，开始慢慢地绽开，又慢慢地合并……

幸福来得如此缓慢，像一段缓慢的已逝生活。

我们摇着摇着，就看到大海的潮汐。

我要永远记住这个中秋之夜——

我有一池满溢的湖水和抱着湖水摇晃的月光。

第十九章　画布人生

1. 安石榴之歌

我苦、酸、温、涩，但无毒。原因不需要你知道。

你只需用刀，沿着我旧日的伤痕，再往玫瑰红的肤色深深切下去。

没事的，不要害怕，我不疼。

这被秋风和虫子侵扰过的红房子，粉红色的门窗只留给你的。

进来吧，清爽洁净的房间，挨挨挤挤的红水晶红玛瑙红珊瑚红宝石都是你的，没有人敢与你争夺这世间的美味与繁华。

你且轻轻拈起两粒籽，放在唇齿间，先咬破一粒，让另一粒在舌尖跳华尔兹，那是酸和甜的味道，是歌和舞的味道，是爱和恨的味道，

那是初恋的味道，乳房的味道，体液的味道，初夜的味道……

那是我积累了日月精华，并结合自己的身体和灵魂，酝酿了八个月，又等了你七个月的神药。有人因为嫉妒我的花和我的籽，曾用弹弓中伤我。不信你看，我的左边脸上，还有一个凹陷的伤窝，而右边脸上至今留有麻雀的爪痕。

算了，我从没计较这些，我这遭鸟人算计过的人间天地尤物，这被阳光、水和空气多次宠爱过的天然灵物，我仍然相信：

只要我对你心甘情愿地献出最后一粒籽，你就会深深爱上我。

2. 画布人生

说书人已经离去，月亮沉入湖底，
无人就座的椅子，终于摆脱了时间的纠缠。
我在这里，孤单、寂寞，怀想另一个家园，怀想家园里的孩子，父母和
姐妹，

我的悲伤柳芽一样，怯懦、莽撞、摇摆不定，
在即将临盆的金海岸边，渔民们抛锚，系缆，挑着巨大的网归家。我已
经没有家了，所有的柳枝都歪向海面恸哭，它们在演示我的忧伤。

我已经不能在悲伤中等待悲伤了，
时间已经在坟堆里风化成为一堆白骨，当我把嘴唇贴近小草，
小草告诉我："天使的翅膀折断了，篱笆架上春天，及篱笆内的老人孩
子都回不来了……"

那些被流水记住的美人和花瓣，那些被天空记住的流星和灵魂，
都在一个老太婆焦黄的身姿里转化为檐角滴水的回声。没有人喊我回家
吃饭了，我是在城市夹缝里走丢的孩子，
我应该在哪一条石板上走向衰老？

冷漠的黄昏，孤独的桃花，大地上最后一声牛叫，都消失在暮色里，那
匹经过抗日战场，凯旋的战马，跑回我身边，"我还活着"，
我突然想跳出这面潮湿的画布，跳进在画师的怀里，因为他能改变画布
的颜色……

3. 回　家

应该清点物品，是出发的时候了。

不要把眼泪留在毛巾上，不要把眷恋放在抽屉里，

把门窗关好，把钥匙丢弃荒野，

这个夏天即将过去，丢下太阳镜、游泳衣、凉鞋、贝壳和沙子。

我们要安全地返家，遵从词语的弯曲和想象。

那些船儿不再出港，那些可爱的女孩子不再笑谈到深夜，不要跟着渔民回家。我们要尽快回到父亲那里，时间紧贴着河流的脸日益消瘦。

如果遇见灯光里的亲人，我们就停下来休息一下，

你看，那只船泊在我们的阴影里，载着年轻的幻想，

船上的美人儿也停止歌唱了，船"就像走在回家的小路上，

它停下了，在自己生命的中途……"

我们坐过的旧长椅，如今长出了怀旧的皱纹，

不知道父亲的笑容变成什么样？每一次翻开我手心的掌纹，风声就无比遥远，我多么想用一双手描绘父亲背着我路过一棵杏花树的幸福，

那时的幸福就是一树粉红的模样。

现在我所看到的蝴蝶，都从杏树林飞进飞出，

不知道哪一只是从父亲那里飞来的，

那只飞着飞着，就把自己焚烧了的，躺在自己的灰烬中无奈地叹息的，是否就是父亲的？

4. 无能为力

"甚至那些种子都在为你作证——
趁着暖意,轻柔地送出一片怯生生的叶子。"

当我们走进泥土,我看到那些绝望的灵魂,攀沿着一支无用的笔,
它们想看见阳光,它们想闻到花香,它们想听一听亲人的呼吸。
在阳光的舌尖上,我没有能力渡它们过江。

所有纠结的根须都是人类对死者所下的咒语,它们生活在错综复杂之中,它们生活在想念、怨恨、失望之中……
荒草从它们身上长出来,暗暗地绿,小声地发言,那来自泥土下的不安,不是钉子和锤头可以压抑。我深深地为大地的平安而焦虑。

用什么方法证明错误也是正确的?用什么方法给灵魂平静和安详?
当我向黑暗,向泥土深处伸出我的手臂,我感觉到了真正的寒冷和荒凉,我要长出多少叶子才能将大地完全覆盖?

在这个错误的黄昏,我遭遇到错误的辩解,遭遇到潜规则。
我想再次回到神话,回到金色的阳光与寓言互相欺瞒的地方,
现在,我只有无能为力地伏在自己的膝盖上,轻轻抽泣。

5. 绿蜓妹妹

一棵开花的树穿过山谷，寻找丢失的灵魂，

她被一阵北风伤得很重，她歪斜在山崖边，哭啼不止。

我想劝说她几句，可是我看到她的天空和它的内心一样，虽然看得见，却又无物可看。

她爱过，但又不被爱，这是我能看到的。

她仍有美丽的嘴唇，聪慧的眼睛，还有一头随风飘散的长发，

她固执地趴在山崖，眺望一汪月色，月亮捧起她的泪珠把玩，太阳多次晒干她的希望。

苍凉的暗夜，她的爱缩成一滴滴清露。

每一次风起，她都忍不住地颤动，露水像雨一样落下，落到她脚下的草地上，小草也为她疼痛，为她摇晃身姿。

我时常看着自己的身姿被埋在浓雾里看不到过去，和未来，

在遥远的海边，崖边的峭壁上，时常感觉到黑暗压着我黑暗的身体，

我喘不过气来，又无人能来救我。那棵开花的树，对着天空和深谷所说的话，其实也是我要传达的忧伤和等待。

借一只眼睛一只耳朵给我和绿蜓妹妹吧，我们都想倾听海鸥拍打波涛，令波涛狂吠不止的声音。我们都想看到两只鸥鹭在两山之间盘旋，鸣叫，热恋的声音。

借一个春天给崖边的树吧，让它也听一听老山泉汩汩流淌的声音，

让它再看一看我们居于它的枝尖，正要绽放青春的声音。

6. 黑发师

在灯光照射不到的黄花坡，
我们蜂拥而行，我们手执大刀和火把。

走过的路慢慢倾斜成为悬崖峭壁，
被驱赶的死尸，仍然保持一双惊恐的眼睛，坠落于深不可测的黑暗。
我们只相信肉体与灵魂所占据的天堂。

当月光从黄花坡的背后吼起来，
我们的脚步声盗走了草木的睡眠，整个黄花坡显露出它赤裸的爪子。
我们只看到黑发师的半张脸，他一伸手就将站直的人群火一样扑灭，
又一摆手，大地即刻裂开一道细缝，所有人纷纷往里钻。

一只白狐狸突从黄花丛跑出来蹲在坡顶，狂吠起来，
很灵验的咒语，被破解，顿时化为灰烬。
我们听到一种音乐，突然撞击了每个人的肉身和灵魂，
每人的手上不再握着大刀和火把，而是砍刀和玉米棒。

活着比死亡重要，
每个人都知道自己应该做些什么，或需要些什么，
而黄花坡的另一边，死亡比活着重要。

7. 回　望

一只乌鸦飞过我的头顶，摇落几片树叶。

我已经不记得小渡桥、小水塘和毛竹林、只能听到熟悉的声音环绕，像春天的故事在皮肤上肿胀。

此时我在知了的叫声里使劲一跳，正好跳过了一段人生。

我亲爱的家乡啊，你总在日出和日落之间，在寂寞的灯盏里闪现。

小村里仅有的几个碑文排成的站立的橘瓣，它们从我的脸上滑过，我一个一个地对它们亲吻，像亲吻着村庄的老人、父母、孩子的脸。其实我最想亲吻爱人的脸，可是他轻轻关上梦的门，一个人躲在草屋里读着炎皇和武帝。

我鞭打了几下梦的烈马，剥下悲欢离合，在离去的道路边站立。

故乡的蜜橘越来越苍老，直到村庄不见，直到旷野不见，直到我的相思也不见。故国不堪回首——

在宫殿和原野之间，我毁灭在一把铁锹下。

多年以后，我倦意地睡在遥远的城市，

灯光在一棵柳树上挣扎几声后，熄灭了。

我和爱人终于能在两个相近的盒子里说着故乡的山水，说着我们的宫殿，说着情话……

第二十章　西行乐曲

1. 隐形的翅膀

火车的翅膀是两道铁轨。

火车带着我在大地上飞翔，从冬季到冬季，从雪光到月光。

我在激烈抖动的翅膀上，一路西行，从白天到夜晚，我翻阅的诗集落进许多羽毛。

上铺下铺，左铺右铺，男人和女人，他们之间都隔着沉默和冷，隔着许多飘浮的羽毛。这些时间的羽毛温柔地抚摩着寂寞、伤痛和思念，抚摩着玻璃上的窗花，

窗外的雪花，一阵阵，急切地拍打着玻璃，拍打着窗内善良的灯光。

当火车从最后一个山洞钻出来，天就亮了。

此时的田野妖娆丰韵，大地一圈一圈的妊娠纹携带春江潮水的希望，旋转着升向天国。花朵在那儿消融，果实在那儿呈现暧昧，而那里的草木呆呆地枯荣，一脸无知。

泥土下古老的国王，突然站立起来，他要喝茶，吃泡面，嚼五香豆……

我的书页哗哗作响，不知道要往历史翻回多少页，

我只感觉到有刺骨的寒冷从四面八方向我逼来。

2. 葡萄美酒

我必须说，那自我喉咙往腹部流淌的火焰，
它灼烧我肉体的速度，
它呼唤我的节奏，
它甜蜜的力量，它感染我肺腑的深度，让我一次次想到"快乐致死"，

我不应该有眼泪，却在泪水中看到自己的成长，
葡萄美酒，以它宽容、豁达、睿智、自信的胸怀拥抱了我，
它将我的寒冷堵在了蜀道以外，堵在遥远的北方。

在美酒的浸淫下，我是一粒向日葵的种子，停落在温暖湿润的掌心，
慢慢的成长中，我看到了身体里的落叶、飞花，看到一段段旧时光从我身体掉落下来。
命运的红太阳告诉我，幸福离我很近，
我必须能看到一对飞翔的翅膀被世俗的爱恨俘虏以后仍然微笑着面对魔镜里变幻的海妖。

我不能自已地说出内心的话——
一只美丽高贵的豆娘，突然想有一个温暖的家，
我将头伏在夜晚的胸前，大声地哭了出来，
像一堆火柴一样，燃烧起来。

在一个寒冷的夜晚，一间温暖的小屋，噼噼啪啪地燃烧着……

3. 灵魂夜游

我快要死了，是幸福死的——

这么说着的时候，我的灵魂跳出来站在一旁，看着扭曲的身体，它没有疼痛和怜悯，而是象看一个调皮的孩子一样，任她在那儿捣乱撒娇。

灵魂回到了最初的葡萄园寻找罪恶，寻找最初纯洁的唇边，有多少甜蜜的忧伤的生命在花朵和蝴蝶相恋的目光里平静延续，
也有恐惧的人类假扮的小兽在空旷的原野用眼睛进食，
它们进食的不是花粉、葡萄酒和月色，而是肉体、思想和灵魂。

芙蓉城里有美人和丝绸，笙箫弥漫的夜晚，玉楼内有凤凰开屏展翎。她们在城楼上制造出很大的风，大风刮过，王子和公主纷纷让出宝座，让出一个美丽的城。
城内有美人罗巾别泪，有秋花落叶飘零。
我那时正好夜游，遇上忧郁的臣民，我告诉他们，不要到处乱跑，幸福需要安静地守候。

后来，所有的灯熄灭了，蚕市、药市、花市灯会陷入无限的黑暗之中，
后来，"长风破浪会有时，直挂云帆济沧海"，李白走了，杜甫来了，
一夜之间，草屋为东风所破。后来，王子和公主们全回来了，
还有我，带领亲人在浣花溪处赏花赏月赏流水。

花开花落时，天就亮了，浣花溪上飘来桃红色的小彩笺，
有薛涛、白居易、杜牧，还有元稹的。浣花溪的水，流着流着，就露出

石头和沙。

我只看到两只白鹤在那里朝暮同飞，嬉戏莲叶间。

似一对自由的情人，无拘无束地热恋……

4. 雾都情深

她在人群中唤我，
她的声音清晰明亮，但夜晚的轮廓模糊不定，我找不到她。
当我的心智被她叫出一条出路，所有的灯光都跑过来与我拥抱，还有她，
她知道，我们在赶赴一场旧约。

两个远走他乡的人，在麻辣火锅的推动下，仿佛都发现了身下燃烧的大火。那火燃烧的不是我们，而是李白的诗篇，是万丈豪情，
透过房间微弱的迷离的灯光，我发现她高高的鼻子很美，她垂直柔软的长发很美，她激动的胸腹有炸开了的热浪很美。

我们一直说话，隔着床与床的距离，隔着大海与雾都的距离，
其实，我们没有距离，当水晶与丝巾交换了主人，
水晶在她的胸口变得更加透明温润，红丝巾在我的内心有了雾都女人的情怀。
我几乎能说一个美丽女人幸福的形状了——

我看到自己的脚印从世界的尽头走回来，在红丝巾的灯光里释放胃部巨大的酸痛，还有一双无比温暖的手，电暖宝一样在她的背上滑动……
那一刻，我记住了幸福的感觉。

我醒来了，我发现她的呼吸离我如此近，离我的心跳如此近，
原来那一夜，她是抱着我睡的，我的身体是她的，生命也是她的，
她不仅拥有了我身体的冷和热，还粘满了我灵魂的香气。

5. 宽云窄雨

"一朵菊花在风中轻轻摇曳，
一只大黄蜂爬进去，不是为了获得甜甜的花粉，
只是为了摆动一会儿。"

我为这样的过程哭了，
那个将我从地狱的门口抱回来的男人，他的身边躺着许多美人鱼，
都以圆圆的、不眨的眼睛看着我，

我为它们赤裸的体态而羞愧，
在不能宽恕的斑马线上，我常常先宽恕自己狭窄的内心，
让比我更加绝望的灵魂，先于我找到光明，

两条又宽又窄的巷子，
每个人都像在偿还债务一样，带着虔诚的空虚的内心，往深里钻，
被金钱洗刷过的内心，终于发现幽深的巷子等同于露天的舞台，而所有
人都是观众，

傍晚的神将手放在"白夜"两个字上，像按住白天和黑夜的开关，
我曾有一分钟的奢想：一张古色古香的茶几，两个似曾相识的人，
在这里慢慢地喝茶、聊天。他们无关情爱，无关雪月。
他们只聊往昔和来世。

6. 返　回

一只巨大的蜻蜓压低了翅膀，我看到了窗外的黎明——

这是薄暮时分的芙蓉城，博大的夕光像大自然的裙摆，
在大蜻蜓的缓慢飞升过程中，像牡丹花一样绽开，绽开一层层富贵和柔情。

一只大蜻蜓带着我在千万朵牡丹花之上，款款飞翔，
我有抑制不住的兴奋，我想对着大地喊：我是个幸福的人，
我的想法被透明的玻璃折回来，
折回到我压抑的内心。

多年来，我一直无法接受一个城市的灯光，灯光里的友情和爱情，
我时常把摇晃不定的灯光当成丛林里的伐木声，
我时常因为无望而让自己海水一样躺成平坦的蓝天。

此时，我想说，这里有我的家，
家里有我爱吃的椰儿猫，有慈祥的爸爸，唠叨的妈妈……
这肯定是真的，我想为这个事实寻找一些证据，
却发现自己非常疲惫，是极度兴奋之后的无限疲惫。

我多么脆弱啊，我非常害怕自己内心的沉重。
害怕大蜻蜓载不动我，突然又掉进无边的黑暗。

7. 红颜之恋

黑夜过长，白昼过短——
寂寞的花园咬着一朵花成长，
应当和谁互相关心，相恋一场，在生命还来得及的时候？

忧伤的窗台，蜻蜓的翅羽合上了黄昏的眼睛，
塞外大黑河南岸的青冢，南飞的燕群一声比一声凄厉。
谁能安抚一座桥和古城墙上恍惚的灯影？
踏上台阶的雪痕离开了，花瓣再也没有来过，那棵槐树摇摆着想要擦掉历史的唇印，可是它怎么也擦除不掉。

风在城墙角下说：枕边的流水有红颜香水味，有火药味。
风的悲歌并不能作为旧伤的安魂曲，很多舌头突然从剥落的灰烬里跳跃出来，历史的鼓声再次穿越河流、群山和一张薄薄的锡纸。
被灯光约见的，不是琵琶和纸扇，而是皇帝的金印。

红颜薄命啊，薛涛与元稹的姐弟恋被摆在书店出售。
对于一个添油者和执灯者，在最后的呼吸里，东风吹过了他颤动的草原，唤醒了一匹战马的灵魂。
它对一去不回头的历史有了更多的理解和宽容。

那是风，梳理着大地苏醒的灵魂。
就在浣花溪相恋一场吧，在今夜，冬风还未翻过城墙的时候。
坐在它的身边，看波光粼粼的思考，像感悟一场轰轰烈烈的婚礼。

豆荚在秋风里喀啦作响，干旱
是我的情歌——

第二十一章　月光女神

1. 月光女神

一首歌，一缕月色，和一棵多肉植物，它们都叫月光女神，

月光女神啊，你是否可以帮我，给妈妈送去一盏神灯。

将你绣着红边的纱裙借给我穿好吗？

我在你的影子里走来走去，在你的歌声里走来走去，在你的面前走来走去。我担心夏天过去，我将成为一只鸟的食物。

我不想为它筑巢啊，

从树根到枝尖，每一寸光阴的皮肤上都长满了寂寞的青苔，

我的天空成为一个黑洞。每一次面对西风的喇叭，我都会心惊肉跳。我不想掉落啊，我害怕成群的蝼蚁将我拖进蚁王的地下室。

黎明每一次叫醒我的时候，我都无法将眼里的潮水抹去，

我也不想将它抹去，那是你赠送给我的诗章。

我已经芳香四溢了，从枝尖摘下我，将我赠送给路人。

请你告诉他，我只在夜晚打开窗户，与河水调情。

现在，我醒来了，而你化为一阵凉风，从芦苇丛的身后消失，我的魂魄也跟随你消失在钟声的湖面上。

"葡萄多汁而甜美，我不能拥有它，牧歌遥远而空寂，我不能束缚它。"

我害怕闭上眼睛就离开了人世，把你的纱裙借给我好吗？

我只想看一看母亲，我只想——

在中秋节的那个晚上，紧紧地抱着母亲的目光舞蹈，让她不再想爸爸。

167

2. 冰梅月影

今晚，让我们的灵魂围坐一起，燃一堆火吧，
火堆里有我们的尘世的身体，祖先们的眼泪、屈辱和愤恨，
有我们曾经的冰梅、月影和葡萄酒，还有未来的一场冰与火的较量。

如果冰输了，冰将退回到十月以后。
如果火赢了，火将奋力燃烧到晚年。
现在，我们比什么都黑了，只有心在火堆上噼噼啪啪地燃烧。
心是可以把什么都能遗忘掉的，包括江心洲上的秋千、柳树、柚子。

火越来越旺，烧成一棵"冰梅月影"，它的叶片如同白玫瑰的花瓣，
由白色转为淡红，又转变为红嫩。像一颗心，
这样的心是需要光的，不要太强也不要太弱。
这个过程由两个人呼吸的紧迫度和长久性决定。

当一轮圆月从黝黑的过去慢慢跳出来，长久地照射在灵魂和火堆上，
我们的身体都被它晒伤了。
晒伤的身体像干掉的老叶片，怕寒，怕热，又怕雨水过大。
但我们仍然围坐在心的旁边，看它的内心不断有新叶长出，不断地有叶
片被猜疑和仇视烙上了疼痛的黑疤。
之后，慢慢地老去，而其内的能量则殆无孑遗地全输给了心。

"冰梅月影"需要继续绽化，继续新陈代谢，
才能在胸口开出一朵清香淡雅的小黄花，围坐它的灵魂，
需要继续说出生活的柴米油盐，继续坦白自己的情欲和爱欲，
继续缠绕，牵绊，继续把自己融进水、土壤、阳光，
还有月色和梦想之中。

3. 静夜，双面镜

这是六月的一个夜晚，我在湖边伫立，突然感到自己那么孤独，

一颗没有向往、没有思想、没有信仰、没有音乐的心，空得和天空一样辽阔。我将心给了那片深深的湖，让它封存我，直到身体死去。

我曾在疲惫的河流边，有过幸福的灯光，床和酒，

写过一首念给水草听的诗。湖水学着我的样子舞个不停，我却在湖面上哭个不停。骗人的镜子将我拉进水中，我看到母亲袒露的双乳，她用熟悉的姿势又一次搂紧我。

生命之水啊，让我懂得了珍惜和感恩。

一只小青蛙要求我留下来，分享我的伤悲，

我留下来了，但并没有带给他生活的负担和烦恼，而是给了他一对会飞的翅膀，去面对黑夜漫长的深渊。那一缕缕的金色光圈轻柔地铺展在他的脚下，他看到了幸福的前程，

那时候，我的心略微高过山冈。

我被灯光拍醒了肩膀，它示意我将这面镜子翻转过来看，

世界全变了，我看到许多人都在月光下的湖边对折自己，

每折一次，就哭一次，我也没有例外。我像一只失事的飞机，在返回的路上，将内心聚集的人群全抛了出去——

我想让他们看到破碎的另一面。

4. 干旱的情歌

我是河水与草叶上的生灵，我在它们之间穿梭，
与花草们亲近又别离，我们的关系取决于不断升温的天气。

尽管我曾一度美得让人疯狂，让人为我朝思暮想，
但是，我不是爱神，我的爱唯一，吝啬。

一只蓝豆娘还记得我，记得我们与世界一起旋转，
记得我们将白纱裙脱在岸边，与阳光在湖面上旋转。

现在，我血液里的这位陌生者，不再听我指挥，说走就走了出去，
 "樱桃小嘴、柠檬乳房，黄金的泥土、灌木丛、草地，雨哭泣的声音，
心肺撕裂的声音……"

一条摇摆的晒衣绳上，朝下俯视的脸庞，看到无数的双手，
无数的眼睛和嘴巴，都在匆忙赶路。黑夜在他们中间流逝得非常迅速。

我庆幸自己终于滑出了人类的视线，豆荚在秋风里喀啦作响，
干旱也是我的情歌。我终于不再旋转。

5. 夕映爱

后来我只有笔和墨水了。

笔是回家的路，墨水是封存我记忆的薄雾，

这一切，在一条回家的路上，被一团迷雾缠绕在烟灰缸的上空旋转，

那即将燃烬的烟，向我倾吐最后的真言，我的泪水不停地流，

不停地流……

当我在原野撒下万物的种子和爱。

我看到那些种子夜以继日地在土壤中聚焦仇恨的力量，

这从上古时代就传承下来的仇恨，聚集成一颗炸弹。

为什么是我选择了播种，为什么这颗炸弹又在众人之中选中了我？

我的头发被白云牵着，脚下是无穷无尽的流水。

我让自己快速死亡了一次，而且还让时光机倒转了一圈，

"我要你活着，继续倾听我们爱的原野，大海，沙滩。"

他又一次爬上藤萝呼唤我。他在为被车轮辗压的我而难过。

"傻瓜啊，我们也不能违抗什么，必须遵从所有的法则和诫律。除非把人类关进精神病院。"

"没事的，暂时丢失的面具、外套可以再买回来。"

"但是我的种子没有了。"

大地的脉搏血液沸腾，一条永远剪不断的脐带，连接着我，

风儿缓缓地将我周身的精气输给了万物，

我看见了又一片草的生长，看见了内心的草在生长，

我看见了多年以后，我在一片草的中央生长。

6. 无以述说

她仰卧在夕阳伸来的手心里，并在两棵怪柳之间摇晃，
生命在那一刻很轻，但却很优雅，仿佛彗星美人长长的尾巴，
美丽，短暂，神秘。
她就那么安详地走了，就那么风一样地消失了。

在浓荫和露水没有侵占到月光的石子路以前，
一条环腰而过的溪水，乳汁越流越少，
它似乎再也没有能力喂饱那些叽叽喳喳的鸟群，
再也没有能力给山坡间的稻田灌输营养，
它就那么静悄悄地，跟随网兜里的她消失了。

红尾蜓要回家了，她坐在背阴的山坡，
背后那一点即将消失的尘世之光，令她无比眷恋。
她低头，想找个人说话，但无人可说，
她想把草丛里的爸爸唤醒，想把饿死的女婴从泥土里抠出来，
给她一只饱满的乳房。

这个世界令她奇怪，悲伤，难以言说。是的，难以言说，
沿着黑暗中漫长的深渊，身体麻木得没有疼痛和知觉，
她感觉灵魂再也飞不回来了。

7. 黑王子

他走进越来越深的夏季，
建筑工地越来越强的紫外线，将他白净健康的皮肤晒成黝黑。

这是我的碧伟蜓哥哥吗？我开始拉窗帘，关灯，
我想给他制造一个比他皮肤更黑的房间，
让他像以前一样，自然地向我的胸部伸出一只手，自然地把浴巾褪
下……

他站在水池边不肯向我走来，
洗浴过的水不时散发着钢筋、水泥、沙子和汗水的味道，
"快过来吧，我这里有泡沫、啤酒、音乐和花粉的香气。"

他转过身来，我看到他眼里有两只欲飞的鸟，
一只因为突然遭遇高压线的袭击而当场死亡，另一只被绑在塔吊上，每
日以汗洗面。他的身体仿佛受到了过度惊吓，变得迟缓，呆滞。

直到我的香气将他激醒，他突然将我抱住不放。
我以最大的指尖的温柔和最低的舌尖的呻吟告诉他，你是我的黑王子，
因为黑，你更像正统的王，没人敢掠夺你的位置，更没人敢掠夺你。

你是一匹比黑更黑的黑马，穿过今年这个漫长的黑夜，
明年的每个黎明，我们，以及我们的孩子，都将在沙滩的一把遮阳伞
下，吃雪糕，喝冰茶，玩游戏。
更重要的是，在那个能听到海浪拍打礁石的阳光花房，
里面种植了许多植物和我们的幸福。

第二十二章　历史红颜

1. 后母辛·妇好①

月光一次次从酒杯里溢出来，哭到我手心里。

妇好，你是我的形和神，我想把你从身体里取出来，看一会儿，

看你身体里的青涩和柔滑。玉龙还在我的身边，玉凤已经被你遗落人间，那是我们的爱情信物。

不会再有八十多公里的相迎和旷野里的琴瑟谐和了，

我是无能为力的王，不能将你从死神那里夺回来，只有亲手把你埋进六十米深的黄土。爱上你，是生命的开始，也是生命的结束。

三千年了，我一个人身陷黑暗的荒芜，

睡梦里常常向着前世的流萤追跑。妇好，我的王后、大祭司、武将军，我常常闭上眼睛，堵住耳朵，倾听你来自棺木里的忧郁和叹息。

我喜欢你那晃荡的身体，像月与水的摩挲和鸣唱。

你在死中支撑着我生的灵魂，我在生中念着你死里的渴望，

冥间是否也有南征北战，双虎噬人纹大铜钺是否一样地发挥着它应有的军权和王权？无梦的日子，旷野的花儿开开谢谢，只有我们一起越过的那条河流，诉说着我们的人生和那个王朝的兴衰。

当这一切，都远离我而去，我成了豆娘王国里的王。

我可以穿越世间万物去找寻你，可是你的魂魄如今在哪里？

当峨眉金顶的佛音再次把我荡进殷墟商朝的国土，我所爱过的人们，耳朵里都长出了长长的茸毛。我在一群孩子的眼里，看到了翩翩飞舞的你。

蓝天如此辽阔啊，我的内心终于又有了闪电。

———————

①妇好，商朝国王武丁的妻子，中国最早的将军皇后。商朝的后人们尊称她为"后母辛"。

2. 香如故·李清照

你在藕花深处争渡的时候，惊扰了我。

那时我正在倾听荷花与水的呢喃细语。你俏皮的身姿，轻盈的眼神里，装满了诗与酒。你从我身边很快游过去了，你像我抱着的尖尖小荷，在我离开以后，就很快绽开了。

后来，我常听到有人念"绿肥红瘦"，"人比黄花瘦"。

再后来，金兵来过，让你痴情梦萦的赵明诚死了，那个差点把胆汁吐出来给你看的张汝舟也死了。从此，你窗外的梧桐叶上，经常有雨水，嘀嘀，嗒嗒。

从此，你的床前不再是娇好的月色，而是萧萧花白的两鬓，是一地北宋生活的碎片。那个曾在秋千旁"和羞走，倚门回首，却把青梅嗅"的你，如今只能卧看残月慢爬上窗纱。

你孤独地吃着寂寞和凄惨的愁绪，让一支会行走的笔，代替你诉说着生活的无奈和怀念。

征战带来的凄冷和愤怒，像刀口上的盐，让你的生命加速走向死亡的火焰。我在你的声声慢慢里，悄悄地升起蛙鸣和一条河流的对白，我也在等待一场雨润馨竹。

仿佛从一开始，我们的人生坐标就已经被标注好了，我只能跟着谎言走向那片潮湿的洼地。

在一个草长莺飞的季节里，我来找寻你，

发现已是"尘香花已尽"，"知交半零落"。双溪岸边，月光都是你摔碎的镜片，我每走一步，都感觉到生命被切割的疼痛，

被泥土夺走的躯体，翅膀去了哪里？

我靠着你的黑暗，"怎一个愁字了得"，"双溪舴艋舟，载不动，许多愁"。

3. 霸王别姬

湛泸剑刺向你的时候，其实也刺向了我。

你流的是我的血，我的泪。如果还有来生来世，你还是我的姬，我的妃。

四面楚歌，十里埋伏，我不怕。

我怕你含泪的眼睛，飘然的长发，就此暗淡，就此消隐。

你在风中，疯狂地舞剑，像你疯狂的爱，无怨无悔。

今夜你未解君王愁，更添千古恨。就算我能破釜沉舟，突破重围，还有谁能为我抚慰伤痕，为我裙袂飞扬。

你斩断了生命，却斩不断我们千年的爱恨缠绵。

我什么都不想要了，只想抱你回家乡，做我的新娘。

就算江山都是我的，皇帝宝座也是我的，没有了你，活着还有什么意义。记得那一天，你跑向我的时候，我就知道，你是我的。

灯火中，那一闪一闪的脸庞，是你最初的美丽，也是我今生的感动。

这一剑啊，穿越了千年的伤痛和寂寞，穿越了千年的爱恋。

这一剑啊，你的血泪，我的爱恨。天昏地暗，地动山摇。

这一剑啊，风吹着，吹来无数的枫叶，我抱着你，生也是，死也是。

4. 雁落秋·王昭君

你弹着《哀怨曲》，从一更弹到五更，
从家乡秭归弹到京城长安，弹尽了深宫的苦难和凄凉，
弹得风流泪，夜断肠。
香溪水在窗外辗转反侧，月老看在眼里，将手悄悄伸向了匈奴单于……

人生，命中注定，亦无定——
你一袭曳地的绿云裙裾，眉如轻烟，口似樱桃，柳风细腰，
环佩叮当地掠过白玉石阶，飘然于大殿之下，元帝大惊，
你倾城的容貌，撞开了他的春心，"意欲留之"。然而他难于失信，故意久久地懊恼。"宫中多少如花女，不嫁单于君不知"，这一分得不到的美好，成为他永远的心伤。

一个秋高气爽的日子，你别长安、出潼关、渡黄河、过雁门。
你怀抱琵琶，拨动弦丝，弹起悲壮的离别之曲，直把前面的历史弹得粉碎，弹得马嘶雁鸣。

一个天生丽质，艳若桃花，"飘飘秀色夺仙春，只恐丹青画不真"的女子；一个终于跑出深宫的牢笼，背负"和亲"大任，寻找真爱的女子；
一个让雁落平沙的弱女子，头也不回地去了千里之外的漠北。

塞外有广阔的苍穹，有温暖的毡帐，你被宠了再宠。
你找到了真正的自由，一个"秋烟芙蓉，柳丝拂水"的弱女子，

因为你的到来，大漠的炊烟多了，草儿变得柔顺了，花儿开得更美了。
六十年，青丝变成了白发，思念成了天涯，
你又在幽怨凄清绝望的老年，走向黄昏的青冢。

5. 白头吟·卓文君

稻子受孕和分娩的姿势都是站着的，

受孕时，流水和月光同时达到了心领神会的和谐，

那时，"绿绮"琴奏出的《凤求凰》，就是一场爱恋受孕的开始。

她敢夜奔，她敢淡妆素抹，当泸沽酒。她们的生活美如烟，爱情的酒也越酿越浓。

灌浆的季节，她一个人坐着，

"十里长亭望眼欲穿，人人摇扇她心寒……"他读着她的信，读着这个季节里的流萤和蛙鸣，像一曲高山流水，轻轻地带来凉爽和回忆。

他用驷马高车将她接回，"愿得一人心，终老不相负"，她执意地走向成熟，走向大腹便便的秋，

一个女人最美的时候，就是分娩的刹那，秋的金黄剧烈一声响……

他吃着她做的雪花糕，喝着她泡的菊花茶，那时秋风很暖，蛐蛐的叫声很暖，月色很暖，如她柔软的巧手，指尖不只有琴弦的颤音，还有生活的盐味，甜味，酸味。他喜欢这些独特的味道。

女人的枕边，生活美如烟。

她的呼吸掠过湖面，带起小小的波纹，落叶从第一场秋雨开始向着夜的深处。肥沃的泥土里，藏着许多新生命的幻想。

黎明到来以前，聪明的女人将荡漾的小船推向一边。她是被水浸泡的渔火，渐渐消失，渐渐清晰。

她的天空经常有两只白鹭在飞，在水面上飞，在他的眼里飞，

一只停下来，另一只也停下来。

但时间和流水仍在飞，一张千年的古画在它们身后飞。

古画的落款处有一首诗《白头吟》。

6. 夜来香·董小宛

你这一生，我读了好多遍，读一遍，伤一遍。

你本是我的妃，转世流落民间。你非镜中花，但已经洗尽铅华。

月光抬起小脚踹了你，你哭出几滴泪花。"红颜自古嗟薄命，青史谁人鉴曲衷"，我不想将你吹去轻纱，只想把你带回天涯。

离开那片水域很久，时光从我们身上取走了芳香和年华，

我们在人间遗失了水色和声音。我将你带回的时候，你已经死了，

其实你的灵魂还活着，你永久地活在我的王国。

你是我路过桥边的灯花，鹅卵石上的月光，你是我对面的那一只酒杯，总是满满的对着我。

只是，那一夜，我不想吻你，你左眼里有只狐狸，右眼里有匹马。

你有百合的腰，玉兰的唇，月亮的小脚丫，你还有秦淮河远古的遗憾和恨，我不能吻你。

不断地有从黎明走到黄昏的人，路过这里，他们带来你的甜点，

闻香醉人的小甜点，那里面有鲜花、水果、蜜枣及秋海棠露，

那里面糅合了你的光阴和灵气。

人世的茶香和风景不停地搬移到了这里。露水在我们身边的花瓣上，溢出一层又一层。水鸟盘旋在烟火之上，盘旋在我们的芦苇丛上，在这里，我们鸳鸯同窗，水云一色。

今夜，我又来到你的身边，给你擦胭脂，描柳叶眉，我不再醋意你为飘逝的红尘幽怨。窗外黄鹂为我们伴起音乐，花草树木也充满爱意，月光和流水宽恕了我们的前世和今生，舞起来吧！

我们的船儿轻盈柔软，船下河水满溢，我允许你对着月光含香微笑……

7. 马嵬坡·杨玉环

历史的尘埃掩盖了很多事实，朝代的兴衰，总归罪于女人。

一个女人怎么会有摧毁一个国家的力量？

终于把你找到了，恨也罢，痛也罢，世人的眼睛皆蒙蔽，还有什么值得委屈。从寿王妃到贵妃，再被唐玄宗赐死，你只是一个被人欣赏的花瓶而已。

死就死了吧，也别擦洗历史的画布了，擦也擦不清，

杜牧的荔枝诗，李白的露凝香，白居易的《长恨歌》，都成了铁证的现实，"回眸一笑百媚生，六宫粉黛无颜色"，撒娇、任性、爱吃醋的胖美人，天生丽质国色天香的女人，你错生了时代。

你的美是一笔财富，也是一种错，是灾祸。是苦难，是罪。

跟我走吧，在我的王国，美是一笔无价的财富。

带上你的霓裳羽衣舞，带上你倾城倾国的容貌。玄宗所给你的宠，我都能给你，他不能给你的，比如三十八岁以后的安恬和幸福，我都能给你。

你本来就是我的妃，是豆娘王国里的妃。

月光把你偷偷渡到唐朝来，我用一盏灯燃烧的时间，把你找到。醒醒吧，快把孤独、寂寞、寒冷、怨恨，都扔在昏暗的马嵬坡。

飞起来吧，今夜良辰美景，我们踩着月光的镜子返回。

晨曦是我们的烛照，闪闪的湖光是我们的鞭炮，青草是我们的红地毯，露珠是我们的美酒，碧绿的湖是我们的婚床。

来吧，环儿，我不只爱你的美，

更爱你的纯粹，你的破碎已久的玻璃心。

第二十三章　海边风情

1. 回到出生地

此处的海岸线向内弯成弧状，像一个巨大的摇篮，

礁石是这个摇篮里的婴儿，大海每天都来给孩子们哺乳，

孩子们日益健硕，身体长满了各种颜色的礁花，长满深褐色的海砺子。

我曾在摇篮边出生，大片的盐蒿草里隐没着我的家族，

千百年来，我们见证着礁石们的成长，每听到海口的渔船离港，我就跟随女人们眺望的身姿，迷失于那片滩涂。

我常常在她们的渔网上停歇，在消瘦的灯影里结网相思。

那时候，渔夫们的船只总能在落日前归港，总能满载而归，那时候，这片海域富有辽阔。

孔子周游列国的时候，曾来过这里，他见到两个渔民的孩子，争辩着日头的大小，他很迷惑地离开。

后来秦始皇也曾来过这里，驱车赶海，鞭打出一条神路，后来他让徐福东渡，寻找长生不老药。

很多时候，这片夷人的海港，隔三岔五地被分割，归编。

我时常看到美丽的海藻裹着武士的灵魂在海水里游动，大海伸长手臂，将这片海港温柔地抚摸。

每一次潮涨潮汐，我都能感觉历史在这里又被刷新了一次。

很多时候，月光像大海的灵魂一样，附着在酣睡的礁石上，

如同我趴在母亲的胸口，倾听大海甜美、均匀的呼吸。

2. 敲海蛎子的女人

礁石也有疼的时候，
礁石的疼不是她敲击的疼，而是她日渐缓慢迟钝的动作——

她坐在礁石上，用小锤敲击海蛎子，然后用弯长的细钩伸进缝隙，轻轻一拉，将海蛎肉全部取出，她不断地重复着这个动作，将海蛎子的肉一个一个丢进塑料桶。

她慢慢地向前挪动，寻找，比退潮的速度缓慢，像一只在礁石上慢慢爬行的螃蟹。八点钟的阳光跟随着她缓慢移动，蓝色的头巾包不住她急促的呼吸，更包不住她黑发间的那层白霜。

大海执着地向东奔走，大海想晾晒出更多的礁石让她敲击，
她只能缓慢地向前爬行，她低着头认真地敲击，把一切都堵在敲击声之外。或许她的脑海里还闪过儿女们愁苦的脸，闪过老伴的呻吟。
她必须不断地移动身子，敲击海蛎子，这是她的家一天的口粮。

她在礁石上敲着海蛎子，像敲着我的心壁，我感觉到了疼，
但是大海似乎比我更疼，它翻了几个身，将海潮又推回来。

3. 海边的盐蒿草

饥荒的年代，你把我们的生命延续下来。

火红的盐蒿草，如今我们又在餐桌上见面，
披上香油、味精、蒜泥及各种调料的你，成了筵席精品，
色香味俱全的你像晚宴高贵幽雅的女士，引起大家频频举杯。

我的灵魂又飞回到征战前的那片滩涂，那时我与一只白天鹅在此相遇相知。从深绿色的草苗，到深红色的腰身，再到一个初冬的晚霞，它为我们挂满了五星形的小浆果。一场战争掠夺了它的生命，这片盐土成了我的悲凉地。

那是一年中最幸福的一天，也是最痛苦的一天，它与大片的盐蒿草化为一片血色……

经历了飓风、海啸、冰霜、硝烟之后，在苦涩的海滩上，有人举起鲜红的旗帜，成为我的信仰和力量。黄海边的盐蒿草，风吹着你的魂，吹着我魄，吹着我们的过去。

不管海水将我们洗涤了多少遍，我都不会忘记——
我的小木屋被毁在这里，最爱的人被毁在这里，我美丽的翅膀被毁在这里，还有我成千上万的豆娘家族的成员们……

我又来了，我的脸上又苦又涩，但内心很甜蜜，
因为盐蒿草的坚强、柔韧和热爱，我们同人类一样当成延续生命的食粮。在让这片贫瘠的盐滩，它们自己染成火红，像给人类燃烧出一条新路。这条路一直向着远方无限伸展蜿蜒，投奔到城市的万家灯火之中……

4. 渔人妇

扁担弯了，是被夕阳压弯的。

女人穿着连体的水衩，与男人一起站在齐腰的海水中，从渔网上挑拣海蟹海蜇。晚霞烧红了那片海，也烧红了她的脸。男人看了看女人，觉得她很美。

男人挑着两兜挑选好的海鲜，上岸，过称，上车。
女人拉着渔网望着男人，远远地甜蜜地笑。
男人继续由岸到船，由船到岸，来回穿梭。女人继续挑选，

太阳要掉进大染缸了，渔舟开始唱晚，此起彼伏的吆喝声渐渐消失。
渔村的灯渐次亮了起来。海岸线渐渐隐进海雾，海风从灯塔吹过，席卷着这里的海腥味跑向远方。
安静的礁石，像一位饱经风霜的老人，默默地向月光讲述海明威的那片海。

夜晚的村西头，村镇的闹市，女人们仍然裹着红头巾，与前来收购批发的商户讨价还价。直到大海的潮声将小镇彻底淹没，女人摸着鼓鼓的腰包，一种满足和骄傲涌上心头，

她哼着过时的跑掉的老情歌，凯旋。
海味扑鼻的小渔村，夜晚的灯光令人兴奋，像从女人身人散发出来的暧昧的激素。男人急切的眼神，让她快点上床。

在一阵潮涨潮汐之后，他鼾声如雷，很快地入睡，她摸着那叠钱，甜甜地走进幸福的梦中。

5. 招潮蟹

当潮水退去，地平线在雾中慢慢升起，招潮蟹爬出自己的洞穴，
寻找食物，更多的时候，它们查看有利地形，寻找漂亮的异性。

雄招潮蟹的大螯很大很漂亮，是身份和地位的象征，代表权贵，
雌蟹大多都经受不住这种威猛雄壮的诱惑，在潮水到来以前，兴奋地跟
从他回家。

招潮蟹过着群居生活，如同泸沽湖的摩挲女儿国的生活。
这里的雄蟹都有个巨大的螯，都喜欢穿彩色的衣服，比如珊瑚红、艳
绿、金黄、淡绿、淡蓝，不同颜色代表不同的年龄、不同的资产。
大部分的招潮蟹，都能让自己的爱侣有套地下豪华别墅，过着无忧无虑
的生活。

傍晚的大海边，招潮蟹的两只眼睛瞪得像两只手电筒，
对于寻找异性的事儿，从不懈怠和含糊。
只要是漂亮的，年轻的，有姿色的，特别是能传宗接代的，
它们绝不放弃争取的机会，它们会使出浑身的解数上前招引、诱惑。
比如吹口哨、扭屁股、跳花舞，或举起巨大的螯以示威猛，或亮晒出肌
肤上的彩色明信片，这些招数往往很奏效。

对于我这样的不速之客，它们当成入侵的异类，甚至是敌人，
它们瞬间举起巨大的螯，准备对我开战。
我鄙视它们这种以貌取人的行为，更鄙视这种没有精神向往和追求的原
始性动物生活。真是太自不量力了，如果我一脚踢过去，它还有几条命？

　　我只是干咳一下，跺了跺脚，它们就感到地动山摇，危难来临，迅速逃
到洞穴躲避起来，在地下三十厘米的深处，神秘地联络着，报告彼此的信
号。

　　我为它们的短见拙识感觉可笑。

　　坐在离它们不远的沙堆上，翻看里尔克的爱情诗，
　　我认为最美好的生活应该从爱开始，到爱结束。

　　我没有马上离开，只是想证实人类小小的忍耐力，
　　比它们的妒忌和猜测更加重要，强悍。
　　当它们再次爬出洞穴，发现我仍然与阳光和谐地交流着爱和温暖，丝毫
没有把它们放在眼里。它们有些遗憾，也为自己愚笨拙劣的行迹表示羞愧。

　　就算它们把所有的聪明才智都用在一起，也不及人类小小的一个思索。
　　最终，它们静悄悄地爬向了远处，
　　它们以为我是这里一个巨大的神，是神圣不可侵犯的神。

6. 寄居蟹

寄居蟹也幸福。

这所空空的房子，是谁的不重要，重要的是我住得很合适。
不需要交房租，不需要交房贷，更不需办房产证，它就属于我的了。

我终于走出了岩石缝里黑暗的生活，不再过胆战心惊的日子，
终于可以大胆爬上岸。好美的阳光、沙滩、海浪，像一层一层的歌声，
铺展在我春天柔软的心窝。

我是一只寄居蟹，而不是一条寄生虫。
我将新房打扫干净，将尾扇钩住螺壳内部，以防被人拉出。
如有强敌来攻击，我就躲进内室，将特大的螯足塞住螺口。
我听到海潮远远地来了，那伴随着琵琶舞的海蜇们，像朵朵盛开的莲花
也飘来了。

其实我也很美，你看这房子像喇叭，我是喇叭里五颜六色的音符。
我甚至可以跑出房间跳月光舞。蜗牛可以走出它的房子吗？

有了阳光、海水、空气，有了美丽的房子，还有长着孔雀尾的海葵妹
妹，我幸福成一片桃林。我总以为自己所背着的不是房子，而是彩虹翅。

你看，沙滩上，我飞起来了，像豆娘，美丽、优雅、从容，
那栖落在晚霞的樱桃枝上的我，多么像位隐士，
那是我的灵魂在舞蹈，而我的身体已经遁世很久……

7. 海洲湾

海，洲，湾——，一个字一个字地读，读出缩小的过程，
读出由抽象到具体，由辽阔到自然的过程。
这是混沌年代，盘古的斧子击震出来的豁口，千百年来，经过海水的冲
刷，形成的月亮湾，

大海向东方移动身体，海堤像陆地伸进海水里的舌头，慢慢裸露出长满
海苔和海砺子的根部。

游客拥进退潮的沙滩，捡拾小海螺小海蟹，
很多寄居蟹像盗贼一样，寻找新家。稍远的软沙滩上，很多挖蛏子的女
人撅着屁股朝向夕阳，手和铲用力伸进泥沙深处。更远处的浅海区，很多围
彩色头巾的女人摘取养殖的海带和紫菜。

男人架着马车出海了，马上坐着围红头巾的女人和海带，
男人的歌声像马车一样慢悠悠地从海面上飘来，又像川江号子，牛越拉
越起劲，沙滩上留下了两道深深的车痕。

夕阳下的海洲湾，像一个巨大的集市，所有人都可以各取所需，大海不
会让你过分贪婪，也不会让你空手而归。它只是向东方移动了身体，像睡眠
一样。

不久后，大海又会翻转过来，面朝这座海滨小城侧卧，倾听槐林里鸟儿
们的窃窃私语。倾听村庄里男人和女人的情话……

第二十四章　黄河之恋

1. 黄河恋曲

多么轻柔的音乐，像某个人淡出的微笑，
在一个寒冷的花园，让一个破旧的灵魂从荒谬的回音里走回，
撞着前世的后背和今世的信仰，仿佛是他，与我相视一笑。

多么好听的曲子，它比我的心懂得一种自然的表达，
让我相信真实撞击的重要性，它像一片野菊花，开在我俯视的原野上。

我在原野上空被风吹拂着，向东摇一下，向西摇一下。
我多么希望能和弹琴的那只手紧挨在一起，听听毡房外，母亲河胸口碧
波的温柔和虔诚，听它讲述锡伯族人如何凿山筑渠、开垦农田。

最后一只鸟落在一棵歪倒的柳树枝上，叼着黄昏飞去、
母亲河从前世搬来花草树木云朵，搬来战马和嘶鸣，搬来哈萨克女孩的
舞蹈，又搬走了奶茶香和草原之夜。

多么好的一条河流，从她细柔的指尖倾泄而出，
像瀑布、像流云、像一场爱、像一场缠绵悱恻的恋情。河水用一双陌生
的手，碰了碰我，我依然迷醉于弹琴那只手的音符里。
哦，就是这只美妙的曲子，让我们的目光在母亲河上凝固起来，
至今我都不知道体内流动的血液，就是从这里传承的……

2. 黄河金岸

犁开肥沃的土地，小心地撒上种子，

像丢下许多粒温暖的期望，轻轻地培土，踩沟，等待发芽出土，

像等待金岸绿色的楼群。她不是要向春天奉献礼物，而是要通过它们收集那个羞涩的春风里，丢失的月光。

当阳光沿着黄河岸边平坦宽阔的大道，

沿着春花烂漫的香风，恬静的黄河，一路蜿蜒前进，是青草和麦浪告诉了我们：人生的走向，就是母亲河的走向。

大片的枸杞花开了，开成小紫小黄小幸福的模样，

开成安恬舒适的生活模样，开成勤劳的宁夏人走过的弯弯长长的岁月的模样。这是自秦朝以来慢慢被毁的绿洲，这是宁夏奋力打造"一堤六线"的黄河金岸。

人类的脚印又回到了"草木畅茂，禽兽繁殖"的时代，回到了铁器刚刚使用的战国，回到了蕴藏着丰富资源的森林草原，回到了羊肥马壮"塞上江南"。那时的我是西夏公主，我的王坐在六盘山和贺兰山之间最豪华的宫殿，夜夜等我。

我是另一个香妃，我的香是蝴蝶的香、茉莉的香，是芍药玫瑰牡丹混合的香，是王子心里的最美的女人香。

我在黄河金岸洒种子，这些蕴藏着无限神奇和智慧的种子，突然在一夜间，都长成了高楼大厦，长成了绿色的长城，与黄河水一起向远方蜿蜒。

后来又长成了高速路旁边的高树、丛林、花草，长成了大片大片的金黄的麦子，长成《黄澄澄的土》上，《赶麦场》上，永远唱不完的歌。

3. 沙坡头奇遇

姐姐，这是腾格里沙漠腹地，
是高山、黄河、沙漠、长城和绿洲在此汇聚的神奇天堂，
吃完黄河大鲤鱼、滚粉泡芋头、红驼掌、精蹄羹，我们滑沙去。

当听到"金沙鸣钟"时，一定要展开翅膀飞起来，务必保护好我们柔软的身体和良好的胃。一起飞到浩瀚无垠的腾格里沙漠绿洲，不要碰那条绿色的游龙一样的铁道，它是凶猛的，奔跑的，飞翔的，
但它很懂规矩，它是只向一个方向飞奔的铁骑。

现在，我们可以在骆驼背上休息了，休息的时候将望远镜取下来，这是神奇的沙漠草原，人类文明的发源地。你再看，神秘的香山丛林、雄伟的秦长城、如梦似的鸣沙山，再看那个造型雄秀的古水车……
多么诱人的河流，矿泉水！姐姐，我渴了——

草原有大漠孤烟，长河落日，还有英俊潇洒的男人吹起嘹亮的号角，他骑马的神态好威风。姐姐快划啊，我要追上他，我要坐在他的怀里，我要听他歌唱。在黄河的涛声里，我的羊皮筏好小，划桨掉水里了，姐姐抱紧我啊，我还没有学会游泳。

姐姐，他是爱我的，他将我打捞上岸以后，帮我呼吸，
帮我晾干了翅膀，他还将我缝进他骨骼发达肌肉健壮的身体。
姐姐，我要追随他，跟随他到天涯海角，我不想走了。

他是多么喜欢抱着我，凝视我的脸，
看着我慢慢地闭上眼睛，轻轻地吻上，身体轻轻地压上。
我们互相抱紧、翻滚，直到日落日出，直到地球转了一圈又一圈。

4. 黄河湿地

亲，我们去黄河入海口，做一对丹顶鹤好吗？

春季交配产卵，夏季换羽，到秋冬时节，我们就带着两只小丹顶鹤沿河而飞，看"黄河之水天上来，奔流到海不复回"，在巨幅水墨画的大片新生地飞翔嬉戏，看海河交汇地带，黄蓝泾渭分明的奇观。

在那条黄与蓝的分界线上，我们低低地飞。
像我们的爱，刚柔并济，水火交融。

这是真正的沧海桑田，我们的爱情在这里萌发，我们的家园向大海深处延伸。过了冬，我们的小丹顶鹤就可以和我们一起迁徙。

亲，到"海上长城"来休息一下吧，
这里海鸥飞翔，渔帆点点，时隐时现孤东油田宛如洞庭湖里面的海市蜃楼，这个年轻的湿地公园，就是我们的家，
是我们的"避暑山庄"，又是我们冬季温暖的窝。

孕育了五千年华夏文明的母亲河，奔腾了千万里，终于汇入大海，
终于在这里找到归宿，我们选择在这里终老好吗？

5. 湿地之恋

前一生，我恨死了鸟类，因为它们总想吃我，
同时也恨自己轻盈弱小的身体，因为我是一只小豆娘，
来生，我是一只丹顶鹤，我爱死了豆娘，因为它又是我的梦。

这是来生，我经常与许多鸟儿在一起，一起垒窝筑巢，繁育后代，
一起分享人类的粮食、水果和面包。
我们不为饥饿发愁，饥饿是湿地以外的事。

在属于我们的世外桃源，这里的生态环境越来越好，面积越来越大，
很多鸟类接受我们的邀请，在这里安家落户、生儿育女，
我们的圈子越来越大，生活更加丰富多彩。

槐花飘香的春季，我们潜水捕鱼，给子女们操办婚庆，
芦花飞雪的冬季，我们飞翔嬉戏，漫步芦滩，
我们偶尔在人类的镜头里打一个旋，让他们知道，我的身姿有多美。

亲，现在的芦苇丛碧波荡漾，翠绿欲滴了，
再过一段时间，湿地就披上红地毯了，在这个"鸟类的国际机场"，
令人神往幸福的乐园，让我们做一对幸福的丹顶鹤。

6. 黄河落日

暮色中的斜坡，人与车拼命往上爬，越爬越慢，
含着斜坡的街道，吐出的每一口真气都有人类的叹息。
岁月消失在城市的另一头叹息，那里有海盐、沙和悲伤。

一只黄豆娘飞不出海边新城区的潮湿，黎明之光正越过海、沙滩、木船，越过避雷针和沿海高速公路，在一扇玻璃窗上，说着湿润的唇语。
有个孩子站在窗前，固执地画圆圈，等妈妈……

那个下午，她沿着幸福的边缘，重复飞翔，
只为一道金黄的光线爱过她的翅膀。断长城，花果山，清华园，弯下去的苍穹，长上来的炊烟，她都飞过了，现在只剩最后一道墙了。
大海的翻云覆雨手，突然将"海角"与"天涯"一次性抹掉，同时也抹掉了沙滩上一天的记忆。
世界被打碎了，她再也找不到回家的路，

那是一个悲伤的夏季，那个小女孩饿死在房间里，
她的妈妈在牢笼里悲伤地死去。有人们走过窗前，将脸侧过去，似乎能听到孩子哭着妈妈，说着饿的声音。

那个夏天雨季特别长，长到人们再次醒来的时候，发现黄海水又淹没了整座城。

7. 秋天的慌花

作为秋天最后的花朵，她站在黄土高坡上，像一朵火焰面对蓝色的湖，
那些硕果累累的花朵，在这个秋天，向世人捧出了最甜的果实，
而她只能站在清冷的琴声里，站成江南的烟雨，看着烟雨桥上，人来人
往。

无奈的，只开花不结果的花，
就算火柴遇到了火，也不能再次燃烧的慌花，
除了被大地收容，难道还有别的去处？
除了忍受北风对她蚀骨的洗刷，还能有更好的方法抵御寒冷？

她被那一群小鸟言中了，她真的没有果实奉献给这片土地，
她莫名地叹息，扶着无声的篱笆小心翼翼地回望落日里回归的父亲母
亲。

——亲爱的花，你别难过了，
我看到了你永恒的本体，我可以将你的生命充实。
来，跟我来，我是这个世界上最美的小蜻蜓，只要你愿意，我可以将生
命投注给你。
不要怕，我不要你的房契和利息，只要你闭上眼睛，
认真地想一条河流，及河流冲刷出来的沙子和金子，你就能看见人类看
不到的湿地天堂。

那里有一群孩子在金沙滩上追逐玩耍，
那里有我和我的亲人在了里飞翔，
你也可以的，你的翅膀在你的思想里……

这一夜，妈妈的手臂是一根
忧伤的藤——

第二十五章

第二十五章　丝绸之路

1. 新丝绸之路

这一夜，妈妈的手臂是一根忧伤的藤——

她将我从右手臂换到左手臂，像是把我从大海边移送到戈壁大漠。

几颗低矮的星星被一阵干燥的风，吹着吹着，就落进了我的眼里，我没有感觉到潮湿，只感觉到沙粒硌肉的疼痛和苦涩。

那些羊儿哪儿去了，那些白云哪儿去了？

关键是，那些青草哪儿去了？

我摸着妈妈弯曲的肋骨，那被刻上细密文字的肋骨，像一行行能自动发声的盲文，不停地向我述说，这里也曾水草丰茂、富饶美丽。只是只是，雨水抵挡不住沙漠的外侵，更抵挡不住战争与杀戮……

这是一片风蚀火燹之后的残影，可它也是妈妈的肋骨啊！

我开始流泪，干咳，妈妈抱着我，上下左右摇晃。

我明显听到她咯咯响的关节，还夹杂着气喘吁吁，我开始假寐——

作为一只失意的小豆娘，在一条新丝绸之路上飞奔了这么久，我多么想看到漫山遍野的花草，多么想听到雨润馨竹的乐曲！

火车的哐当哐当声，多么像一种破碎和零落，

突然的一声长笛，多么像一把刀切割着心脏。

妈妈的伤口，我是缝合不了的。我自己的，也越裂越大……

2. 解忧公主

"你需要解忧吗？为何你的肌肤有薰衣草一样的紫？"
因为我心里有一群蜜蜂。

我来自你的家乡，给你带来大海、沙滩、贝壳。
大海是你的母亲，沙滩是你的亲人，贝壳是你的爱，而我，就是你。

就是你遗落在特克斯草原的青春。
现在，我们可以合二为一了，你睡过毡房是我的，你的阔克苏温泉是我的，那个虎背熊腰的汉子，乌孙王也是我的。

在云水相依的伊犁河边，不见了匈奴兵，也不见了我的王，只见红彤彤的夕阳将伊犁河水牵引到了天边，须发皆白的苏武赶着一群羊，从神路那边飘来，又飘然而去。远远地，它缩成贝加尔湖边的一个白点。
我找遍了伊犁河谷，没有一人长得像我的王。

我的内心被一群蜜蜂蛰得难受，身体仿佛是一台程控蒸馏机，提纯后的薰衣草精油仿佛要从我的每个毛孔向外喷泻，
真有点控制不住自己……

我们还是暂时分开吧，等待明年的花季，我在海边的樱桃小镇，
想你了，就把你的梦涂抹在我的身上，代替你侍奉爹和娘，
代替你轻舟载月，将一束薰衣草放在窗台上……

3. 那拉提大草原

穿着花裙子的阳光在那拉提大草原，奔跑成一层层绿色的波浪，
我在这些波浪里雀跃，翻滚。
那位骑马的女子不是我，若是我，她身后的男人肯定是我的情人，或老
公。

那位会唱"情牵那拉提"的女子也不是我，若是我，我会把"那拉提"
再叫上一千遍，直到五颜六色的小花开成成吉思汗西征的军队，直到天山上
的冰雪融化，直到所有的羊群从天上飘落下来。

你可以羡慕一匹马拥有一条清澈干净的巩乃斯河，可以嫉妒一群羊过着
贵族式的生活。但是，不可小觑我做只蝴蝶，或一只小豆娘。
因为我不仅能抵御小小的一阵风给我带来的风暴，还能抵御内心一万亩
的寒冷，那是一层比天山上的冰雪还要早五百年的寒冰。

有人想成为鹰，拥有整个草原的辽阔；有人想成为蓝天白云，飞越天
山；有人想成为这里的牧民，成为毡房里的主人，以天为盖，以地为庐……

而我，只想做一棵供牛羊啃食的小草，不管什么人什么动物从我头顶踩
过，我抖抖身，又能站起来。

我的力量不只来自于一坨黑黑的粪土，还来自于一股汩汩流动的山泉
水。那水，来自天山……

4. 赛里木湖

一个人的爱有多大，能比太平洋的最后一滴眼泪大吗？能比它更蓝吗？

今天，我终于知道爱情是什么颜色，就是赛里木湖的颜色。

天山冷雨细致地梳理着赛里木湖蓝色的忧伤，

像清洗着一扇眺望的玻璃窗，窗内的目光在踏上丝绸之路以前，从未停止过对一艘木船的注视，因为它失去了灯塔和暗礁，失去了帆和岸。

我想给最爱的人一个湖心小岛，和赛里木湖里的一样。让他知道，我与草木交换的身体，暂时住在那里，那是黑暗中的火焰。

他也住在那里，他每日寻找到绸缎一样的腰身，阳光下多情的涟漪，但都是小草和花朵的。

我要让他只能看到蓝天，蓝海，看到岸边的花草枯了黄，黄了再枯，看到更远处的连绵起伏的草原，懒懒散散的羊群，飘着奶香的毡房。就是不让他看我。

直到他的叹息，有着哈萨克人冬不拉的长调，从天山上款款而来。

直到他每日千百次在幻想我：骑马而来，踏月而来，乘船而来……

直到我这身体用破用旧了，灵魂再也不能裹着疼痛走在尘世，我就坐着小火车突突地来了。

我又回来了，赛里木湖的天空和湖水仍然是蓝色的，

但都比不上他眼里极度怨恨的蓝，他等得太久了，那堆积已久的蓝，渴望的蓝，极度深情的蓝——哦，都是疯狂的蓝，都是我需要的蓝！

在这里，时光让我迅速退回到十八岁，让我迅速想亲，想吻，想爱得死去活来——

我跳进他眼眸的深渊。这样的蓝，再多一些也无妨。

5. 与兰花在一起

你穿着我宽大的紫红色的衣裙，跳上我的书桌，
你问我人世间有没有真正的幸福，有没有真正的爱情，
我对你点头，又摇头。"真正"两个字在我看来，是很遥远的事。

你说你很开心，来到我家，与我结伴，你还说你当我是妈妈，
看着你，我把自己笑老了，你年轻貌美，亲情和爱情都离你很近，
然而，人类不应该有遗憾，却在一个个遗憾中成长。

爱情像水果能保鲜多久？爱情的伤口只有用更深的爱恨来救治，
真正的幸福和爱情会随着时间的推移，会消失或越来越积越深。
你说你经过了爱情，但已经不记得那人是谁。
莫非是盗梦者偷取了你的时间，让你徘徊在梦的边缘。你的记忆是虚空的，是梦中梦。

那么盗梦者是谁？当你的花瓣开成豆娘的翅膀，
仿佛要展开双翅，张开舌唇叶的小嘴向我问个不停的时候，我柔软湿润的掌心轻轻靠在你的背心：
    "孩子，一个人的一生，就是一些触觉，一些嗅觉，一些味觉慢慢消失的过程，就是一些错觉产生与消失的过程。因为消失，我们常常用苦涩堵住咽喉，慢慢体味色彩、香气，像老牛反刍，最美的事物都在那里停留、再现……"

现在，我给你最好的阳光、空气、水，当春风吹来的时候，你也能听到我扎根泥土的声音。再一段青春以后，你就发出和我一样的声音了。
    漫长的人生旅途，应该多听听万物的声音，
    多思考脚下温暖的土地，你就看到了幸福的模样。

6. 飞来碣石

石头开花了，那颗蠢蠢欲动的心，终于在黄昏到来以前，
说出了对世人的热爱，确切地说，是对一个女人的热爱，
更确切地说，是对一只红豆娘的热爱。
他说出了内心永恒的赞美。

那时候，辽远的静寂吹灭一朵待开的花，
城市提前苍老在秋天的河边，像芦苇摇着岁月哭泣。
我讨厌被折断的翅膀和荆棘，讨厌温顺的邪恶和悲剧，讨厌肮脏的街道
和青春里的茧。

那时候，我越发讨厌城市里妩媚的笑容和塌陷的黄昏，
它曾经那样无情无义地，把我也带向衰老。那时候，有蛇身人张着分叉
的舌头到处亲吻，灯光越来越暗，城市越来越臭。

我像一截可怜的朽木被丢弃在城市边缘，体验着荒凉、静寂和孤独。
我时常把灯光攮出水来，在一条大河的对岸，望着城市里万家灯火发
呆。那里是天堂，也是地狱，是令人畏惧的地方。

我多么喜欢一块平凡的石头，躺在岸边，拥有一片安静的天地，
我渴望过石头的语言，但那不是对我所说的话，
为了生活，我跳回自身，对周围的世界释放内心的宽容和理解。

后来我离开石头，在无限的悲苦中写一生最苦的诗。
后来我成了一块飞来石。

7. 露珠湿沙

我想念那个深夜，在乡村酒馆里独自喝着闷酒的男人，
是他看着我远去的背影，用泪水打湿了手边的金戈铁甲。
我不想让他的尸体埋葬在苍茫草场。

花瓣粘住我的脚，我收不住自己的影子，我的世界沿着花瓣向下倾斜。
穿我而过的月光，沾湿了荒凉的沙漠。

这一晚，我和母亲走过原野，我们都有雄狮和豹子温情的幻想，
这朵花是什么时候开放的，它是否听见了我剥落星星的声音？
有谁能说出一朵花绽开时的疼痛？有谁能感受到一朵花绽开的无奈？有
谁看见过一片原野的悲伤和希望？

花蕊里的蜜蜂询问我："我的牙齿无缘无故地掉落了，不知道它曾在谁
的怀里释放过花香？人类可运行的机器什么时候消失？那被压缩了的时间，
什么时候才能被释放出来？"

我们是花瓣上的露珠，像花朵的眼睛，看着夜晚开放成诗，开放成茶
杯，大海，轮船，风帆……，我们是透明的，有着花瓣内心的渴望，
爱情仇恨，什么都可以穿透我们，包括小偷的眼睛。

我想离开花瓣，如果有风，我要感谢它，
然而离开了花瓣，我将落向哪里？我是否还有生命？
我害怕自己变成风，我害怕生命无处不在，害怕他找寻不到我，害怕他
也跟我一样，成为月光的影子。

我在花瓣上摇摇欲坠，感觉花瓣好滑，像滑道，像铁轨……
在消融于沙的紧要关头，我抓住妈妈的手说："我的时间在下沉！"

第二十六章　美丽家乡

1. 端木书台

端木书院不见了，
只有子贡的晒书石还安静地躺在山顶晒太阳。

塔山水库的水涨了退，退了涨，几百年来从未干涸过，
据说它与东海在地下搞了联姻，为此我深信不疑。当年子贡晒书的时候，先在水塔边跪拜祈祷过，一只老乌龟帮助通风报信于东海龙王，那一天晴空万里。

一只野兔的奔跑带动了时间快速流逝，我看到了蟒蛇、暴雨、眼泪和战争，它们一闪就过去了，仿佛几个世纪一闪就过去了。

子贡的晒书石长满了青苔，青苔上几枚发黄的叶子直立在那儿像士兵一样守卫家园。我也想变成落叶，变成刚直的松针，直插进魔鬼的旋涡，将他们捣出血来。

我被一朵被野马踩踏过的小黄花打动，它坚强地成为我的天空和火焰。
现在我一个人平躺在晒书石上，接受阳光的暴晒，我不怕这些军队对我的检阅，我勇敢得像一名将军。
所有人都睡在心灵的别处，唯有我，睡在自己的床上，找到了最高的情欲。

远处有风吹来了，又有雷鸣从塔山水库那边传来，还有归港的汽艇呜呜声。我厌烦了这些把一个躺在自己理想国的小豆娘，活生生地赶回到一片狼藉的夜里。我能对抗的武器是臭骂、沉默，以及置之不理。

我只选择把一本诗书放在端木书台上，就着风一页一页打开来阅读。

2. 兴庄夜雨

在黄海之滨的兴庄之夜，我也学前人的样子，朗月下听雨，
我听到的是大海的潮汐似雷鸣滚滚而来，之后是哗哗的雨声。

雨滴未见半滴，而是地面的碱壳变成一个个发光小气泡破裂的声音，
谜底被揭穿了还有美好的存在吗？

这个夜晚开始变得十分漫长，我想起了父亲走后的那个夜晚，清冷漫长
的雨。我想起姐姐出嫁的那晚，隔壁下了一场暴雨。我分娩时，产房里弥漫
着大雨。五年前我躺在医院，老家的大院子整天下雨。

现在，我身边不下雨了，雨都晒成了干燥的盐粒，在月光下或哭泣或跳
舞。

雨都下在哪里了呢？有人告诉我她那里罢工的工人，正走在瓢泼大雨的
路上，我似乎还听到八十老汉抱着饥饿的孙子到处讨饭的雨声，似乎还听
到，流水线上的女工突然被针扎进骨头，尖叫流泪的雨声……

我捂着耳朵不敢听了，
月色在这里像一把锋利的刀，剥开一些伪装的面具，真实制度和虚构的
民主被一览无余。

我为何不喜欢今晚的月色？
因为有时，我也被迫无奈地戴着面具行走江湖。

3. 秦碑箍迹

　　秦山神路是秦始皇挥动马鞭，驱赶巨石，铺垫成路。

　　神路与大陆相连，涨潮时，淹没于海水之中，落潮时，石路清晰可见。神路上铺满七彩石，有红橙黄绿青蓝紫七种颜色，它们整齐、圆滑、排列有序。

　　由神路到秦山岛，四公里的路程，我听到的不只是海水与时间的厮杀，更多的是一个暴君的马车远逝之后，带给赣榆人民的，不是文明的起始，而是，人类精神生活的毁灭。

　　秦始皇离开了，为他寻找长生不老药的徐福率三千童男童女也离开了，为他建陵的赣榆人士与众多刑徒一样，也都惨遭杀害和土埋。之后，很多年，很多人仍生活在仰望的恐惧里。

　　当愤懑和忧郁都被涨潮的海水吞噬干净，
　　我在去奶奶庙的石阶上，与晨起梳妆的喇叭花聊了很久，
　　她们秘密地告诉我早晨六点，在三将军石处能看到海市蜃楼。
　　千百年来，三位将军石为保护这块属于赣榆的神秘仙岛，不惜奉献出日益消瘦的身体。大将军为阻止海盗的强势攻击，不惜身首异处。虽然倒掉的只是一块石头，我仍能看到大将军的灵魂依然屹立于秦山岛的东方。

　　夜色里，神路弯曲成"S"形，一直蜿蜒伸向月光的脸庞。它是暗淡的，消沉的，更是神秘莫测的。

　　人们在"S"形的曲折里，找到生活的出口，找到了一丝慰藉。

4. 文峰夕照

登塔向东可远眺黄海，向西可俯瞰城内。

我没有登塔，只是带着孩子围绕它转了三圈，

我希望走过了"题名桥"，越过了"月牙沟"，被文峰塔的金光抚摩的孩子们，将来当个清正廉洁的好官。

可是我对这个希望很担心。

我想在一个雷电交加的夜晚，和孩子一起来观塔。我希望孩子能看到那即将被闪电劈开的塔尖，在雷霆不止、万条金蛇窜动啃咬下，它有着怎么样的坚守和浩气凛然。

即使有这样的夜晚，我都会快速拉好窗帘，陪着孩子学习，直到他安睡。我不可能带孩子冒险去看文峰塔，我认为他不需要经过这样的锻炼。

因为我不想让孩子当官，我只希望他和我一样，当个好园丁。

在黄河之滨，在沿海的几个镇上，寻找像文峰塔这样的人浩然正气的人能有几个？

文峰塔不倒，然而很多人，站着与倒下已经没有分别。

文峰夕照的魅力，不只是外表。

在于一种文明的传承。

5. 夹谷莺啼

风从石洞或岩隙里水一样冒出来，连绵回荡于涧壑。

那鸣响如黄莺啁啾，这是夹谷山南坡的三月，阳光在深草丛里游来游去，一只蝴蝶压低身子，将忧郁藏于胸口。

我跟随唐代诗人胡曾的指引，一人屈膝进洞，拾级而上，

悬崖顶上，八角形阁楼，只剩下一片废墟。一块石碑叫醒了另一块石碑，湖光在两块碑上移动，这是"孔子相鲁会齐侯处"。齐侯弃兵丢铠，在此山与孔子会盟，从此诸侯国远离了金戈铁马，远离喧嚣。然而，两千年之后，抗日战争和"文化大革命"却将这里的一切毁为烟尘。

这一天，圣母洞里，间或有香火袅袅飘出，

透明的山谷又铺了一层神秘的面纱。当太阳高过山顶，从南山转到西山，我在一杯夹谷山茶水里找回了自己。

我听到满山的啼鸣聚集在一杯茶水里，

我似乎还能闻到南山木屋里，烟火和汗水味。这些幸福的味道，像我幸福的外婆，全然从一场革命风暴退出。

在这个山花烂漫的季节，我提着白色的长裙，

追逐着一个金黄色的梦。像一只白蝴蝶追寻着一只黄蝴蝶；像一首诗寻找路的出口；像一句歌词寻找一个女人的唇。

我什么也寻找不到，因为那只最漂亮的蝴蝶，

只呆在我的诗页里搞穿越。又如我在夹谷山里梦想着琼楼玉宇。

我似乎感觉到了高处不胜寒，一个人悄悄离开了。

从此，我再也听不到夹谷莺啼。

6. 泊船锦缆

太阳刚从幕布的后面羞涩地走出来，我看到起航的船，解缆，升帆，
我在那一声起锚的吆喝声里，声泪俱下。
我曾从一场战火里跑出，救出一个朋友和一个死敌，
从此，我失去飞翔的翅膀，而他们也一去不复返。

这里是当年徐福出海造船的船坞，
这里是徐福以方士身份率众东渡入海，为秦始皇寻求长生不老仙药出发
的地方，这里是我叔叔被日本人一刀捅死的地方。

这里是一座不想跪拜的庙。
我只是把泊船山看了看，又把茶园看了看。
我只喜欢这里层叠有序的果林，和花卉培植基地，它像我小时候的家
园。如果我父亲还在果园里，此刻他在做什么？
我想起果园里的茅草屋，那里常飘出母亲泡的大叶茶香……

被时间涂沫了色彩，又被时间拿走了翅膀的河流，
我只看到断壁残垣。在与亲人交谈的暮色里，
我的幸福常常长满晦暗的毒菌，我的愁闷需要在一瓶酒里得到消隐。

生活在一个山沟沟里，我每天爬上东边的山头看日出，
再爬上西边的山头看日落。在日出与日落之间，我乐此不疲地爱着深埋
荒草里的亲人。
未来，进不了庙，做不成佛像。我将和亲人一样，变得越来越渺小，直
至无人可见。

7. 吴峰望日

巨大的黑色怪兽，将太阳吞食了好久，人类不敢出声，

否则它一睁眼，巨长的刀就将人一劈两半，我只能听到村庄里有几声犬吠。

昨夜之风已经退避到点将台之外，

时间的杀手跳过五大炮台，盘踞在大王营。两条巨龙像接到命令，将怪兽追出海面，厮杀中，怪兽将太阳丢弃在海平面。太阳努力地向上跳跃数十次，终于跳上一群海鸥的翅膀，慢慢地逃离黑暗，越升越高。

人类终于又迎来了新的一天，再没有杀戮的一天。

怪兽缩为蛛山，左边是两条青龙幻化而成的二龙山，一只白色的饿虎欲食巨蛛，而变为白虎山。而吴山就是佛祖观海，坐化而成。

蜘蛛精常年藏身于幽深的山林，故而山上翠竹郁郁葱葱，

因此隐蔽着一些琵琶精和狐狸精，二龙山为让百姓常年无病无灾，分别吐出一泓仙泉，喝过仙泉水的人可百毒不侵。传说一个砍柴青年为给老娘打一口仙泉水，白虎山上遇一只下金蛋的金鸡，

他将金蛋兑换成房子和农田以后，就从人间蒸发了。

那站在吴山顶，须发白眉的老翁是他吗？

此时阳光正抚摩着陡峭的崖壁，历史和神话在崖壁的石刻里翻了好几个身，我也无法辨认那些石头说的话是否真实。

上山五公里，下山五公里，

五公里的人生路啊，我看到了时代变迁，人心不古。

第二十七章　石城老街

1. 老　街

一条老街，像一条河流，在一座石城里蜿蜒，缓缓流淌。

它像一位百岁老人，将岁月的沧桑凝聚在额头，曾经的繁华雕刻在内心。

一条由荷兰人最初用石块铺设的具有民国韵味的老街，

一个华丽的转身，褪去了岁月的尘埃，以厚重而灵动的异国风情，回归最初的繁华。

一条穿越时空的爬山虎，它爬过了原上海大旅社的石墙，又爬过了红瓦房，它攀爬的高度和厚度，正是老街历史样本的见证。

它还在慢慢攀爬，携带着琐碎的爱和思想，

穿过老街的喧嚣与静寂，从容而淡定地接受海风、商人、游客的检阅。

一条老街，一条常青藤，作为石城的动静脉，

它们的温度，能够触摸到黄海岸边的小渔村，石墙上古老的寓言，火车站钟楼的钟声。

当一片曙光装进火车箱，突突地向西方奔去，

当轮船的笛鸣，海鸥的鸣叫，在云雾里隐现，在涛声中醒来。

这里的风和时光贴着石墙石街轻轻地走。

石墙上有风吹叶动，像碧绿的海洋，一盏灯在那里影影绰绰，

像灯塔，像海上日出，像潮起潮落，像海浪敲打着石城下的礁石，一天天，一年年，锲而不舍。而老街依旧，石城依旧。

2.石　城

石城里有一种慢，也有一种快。慢，是长青藤的攀爬的慢，

快，是火车的呼啸声的快。石城有风也有雨，风是咸味的海风，雨是刷洗青石板路的雨。

有人走了，又有人来了。生命只是一个短暂的旅程。

那些永远不肯停歇的石头，延伸着一条深不可测的老街的命脉。

这里每人都要一步一石，一石一花，一花一果。花与果，结成生命的繁华与落幕，又结成岁月的久远。

一条老街，一座石城，虽经历风雨，依然年轻，

就像我，虽然翻山越岭，身心疲惫，但看到辉煌的灯光下，熙熙攘攘的人流，热闹的老街，有你左右顾盼的身影，我就大海一样，泛起潮红。

打雕花的窗户，穿旗袍的我，轻轻探出头来，

那一段老化的钟声，顿时消失不见，只见石墙下的脚步越来越瘦，瘦成一条线，从白昼延伸到黑夜，拉亮海边的灯塔。

一条老街打量着我，磨砺着我，让我时而变轻，时而变重。

香喷喷的早点，青蒸鲈鱼的海鲜午餐，中西合璧的晚宴依旧。我思念的味道依旧。哥哥，快穿过临海路而来，像穿越一条时空隧道，开始民国时代的时光之旅，我在胜利路旁一家欧式的老房子里等你。

我愿意这样回味：夕光中，云台山脚下，归港的船只，

忙碌的渔人鱼贩，"哒哒"声的青石板老街。

富有节奏的一对步履，悠然的姿态，深情地走着，不知疲倦地走着，一直走到黎明。

3. 一座木塔

一座木塔，一本诗书，在我内心盘踞了许久，
它们，都属木，来自于大自然，根植于泥土。

仰望木塔，我听到流水在塔内汩汩流淌，
流水里有地震，雷击，狂风，马嘶，战火，硝烟。流水之上，有月光，
鸟鸣。有袅袅梵音，经久不息。"远看擎天柱，近似百尺莲"，
一座古塔，每一根斗拱都是绝妙的艺术。

抚摸诗书，我想到木塔，自下至上逐层叠架，逐层立柱。
明暗层相间，一柔一刚，契合诗的意韵——
一本诗书里，有流水，闪电，马嘶，鸟鸣；也有月光，美人，香草。也
有弦外之音，和弦外之意……"芙蓉芭蕾，心怀万物"。
一本诗书，每一首诗都是艺术的妙绝。

经文和诗文都可以抵挡虫蛀。
经文里有芳香，芳香来自泥土。诗文里有花朵，花儿开在辽阔的原野。
从诗文走向经文，需要踏上旋转的层层木梯。

总有风声在佛塔和诗书之间呼啸，
总有波涛在佛塔和诗书之间，拍打礁石，锲而不舍。

一座佛塔，一本诗书，是流水的两岸，是人生平等的两极。
一本诗书在众诗书中独树一帜，成为诗人们的航标，宗教，哲学，崇拜
物。一座佛塔在寺院中独居一方，成为景观，成为僧人和信徒身与意的所依
之处，成为众生灵魂的归宿。

　　这一生，我需要翻阅许多诗书，寻找不同形式的斗拱木，

　　需要到大自然和泥土里寻找到避火珠、避水珠、避尘珠，才能建一座这样的佛塔。

4. 青梅煮酒

将暮未暮的时刻，一只行走的笔，
跳过街角暖烘烘的咖啡馆，跳过湿漉漉的路面，
在一团草纸上记下幸福、忧伤、宽容和继续的勇气。

墙角下的小草说：城市不相信眼泪。
生活和日子都会变得古老，成为记忆，成为痕迹，或干脆幻化为风，
你知道会哭泣的风吗？

变老了的少女，变丑了的少妇，离开了的老人，她们的翅膀没有了，
她向往春天的大门变成一堆朽木，她们要用雪反复擦洗伤口。
她们要在信仰、金钱、性爱之外，摇动喉舌间涌起的松涛，直到一点点
输光自己。

夕阳的余晖斜靠着仁慈的教堂，
与行走的笔，给一个敲碎记忆的人，隔着玻璃文身，
她年轻、性感、光芒四射，她站立那里，已经永垂不朽了。

在这座膨胀的城市，到处都是性爱和欲望的声音，
到处都是戴着面纱的女人狐媚声音，到处都是裸体跳舞的声音……
这些风中的声音，千姿百态，站在橱窗里一直永垂不朽。

唯有那座金字塔一样的教堂，不时传出心旷神怡的蓝调。

5. 清明上河

这是一幅绵延到北宋清明上河图的画，它是永恒的。

它的颜色每一天都在更新，疏林薄雾，梦境移舟，

赶集的人，熙熙攘攘，忙碌的父亲，若隐若现，

几个挑担子的农夫，突然变换装束，换乘大巴直奔春光里的郊野。

时光流转啊，汴河的水在画里流着流着，就流出画外，

流经到我的面前，一条长长的发光的时光河，似轨道航空线，

将空间和历史缩短，将想象和现实缩短，将人与人之间的距离缩短，

这个社会已经不存在距离，真正的距离存在于心与心之间，身体和灵魂之间，存在于人类和自然之间。

在通往原野的高速路上，我看到，万物也都跟随时光往回狂奔，

比如那只回归的燕子，那只孤独的丹顶鹤，那头哺乳的豹子，我看到了它们，都回到了前一世。

有人喜欢茶坊，有人喜欢绸缎布店，有人喜欢背篓，有人喜欢住茅草屋，还有人喜欢用北宋的香火纸钱祭祀……我们人类也在往前世飞奔。

风中刮来冰糖葫芦的叫卖声，汴河里浮出许多白菊花的梦境。

在木质虹桥，叫住人力车，给他九文钱，他就从开封府拉到天波府，再给他二文钱，他就拉到鼓楼夜市吃红薯粉，火烧夹羊肉，喝杏仁茶。

我在喧嚷的闹市突然想起了南征北战的王，如今他在哪里？时光的画布是否可以拉回更久？一只碧蓝豆娘停落在我眼圈的湿润部位，飞鸟的翅膀一遍遍擦洗着天空。

我想起了西红柿旁边优雅的眷恋，想起了时光里的陀螺，

它旋转着，旋转成一个爱情的漩涡，它曾让我快乐至死……

6. 忆深秋

这是九月，我的小镇，从远处微微站起——

我开始越爬越高，终于攀上落光叶子的枝条，

我看到了一片白墙黑瓦后面，一片燃烧的森林。那片火红的森林就快要燃烧到山顶了，快要烧着碧蓝的天空。

仿佛我的母亲吱呀一声推开瘦弱的木板门，

提着满满一竹篮黄柿子，从我身旁晃悠悠走过，她的身后是一片青草铺满的金黄，她要到哪个集市上去？是否很快回来？

我在一棵脱光衣服的柿子树上，突然哭了起来，

我害怕蓝天越来越小，害怕在那片森林里劳作的父亲回不来了，

害怕母亲跟随夕阳走进了梦里，世间还有哪里存储过我童年大量的雨水、饥饿和闪电？

我害怕西风将木板门旁的对联吹破，吹走，

害怕黑暗越来越近，越来越深，湮没了母亲回来的路，湮没了我家最后一棵柿子树。

父亲终于利用山顶的月亮打电话来，

告知母亲不久将踏着遍地秋蛩的鸣叫声返回，

我在渐渐模糊起来的烤炉里，看着住在半山腰的母亲用火红的柿子换来的甜心饼。

7. 星光梦

她拉着毛毯将自己盖住，仿佛夕光拉来黑色的幕布盖住整个山坡，
她很想知道今晚哪些人，可以手拉手奔跑在星光里，
然后消失在远处的湖面上。

她所凝望的小路，没有人。但有一条狗，在那里狂叫，
有很多鬼魂走着走着，突然变成了石头躺在路边。他们的世界一直在下
雪，这些无家可归的饥饿的孩子，活得比羽毛还轻。

当她同样被逼到生活的边缘，她微笑着，反而不哭。
内心的黄金怎么说见就见？纠缠不清的水草从皱纹里慢慢爬出来，
月光下，她看见许多盐粒滚落到地面上，她轻轻地走在上面，
不疼，不痛。但有沙沙的蚕食之声，漫延全身。
她觉得这种麻木之声，象征着幸福。

现在她终于开始悲伤了，
因为她铺平的那条路，孩子不走，只有她和那些鬼魂走着。
她嗅了嗅路边的木樨花，这花都有新生的味道。

有谁还在海边醒着，睁一只眼闭一只眼的看着海枯和石烂？
一个人想着一些人，一些人只盯着一个人，这个人在露水洗刷的路上，
慢慢消失。

第二十八章 阑珊已止

1. 多年以后

这又是黄昏将落的时刻，天地万物疲倦的时刻，

爸爸和妈妈再次相聚的时刻，他们凝视彼此越来越红的脸，他们说："炉火更旺了。"

他们谈门前的小河、月光，谈高粱地红薯地的故事，

谈大锅饭，大包干，及知青下放的年代，刻骨、铭心的故事，后来，他们开始谈孩子，并波及彼此的兄弟姐妹们，

他们谈着，不时地向炉内添加眼泪和叹息……

隔壁的我，依稀回到了童年，回到土坯墙的院落。

母亲在樱桃树下缝补着鸟语花香，我在树上摘樱桃，

父亲拐过栅栏门，就不见了。喜鹊一声一声叫着伴儿，豆娘一对一对盘旋在母亲头顶，我盘踞在枝头歌唱。

天边的云团穿过樱桃树柔软的长发，穿过母亲脆弱的心房，

母亲喊我乳名，我看到黑夜和天边，也跟着慢慢缝合。

多年以后，河水驮着父亲的影子回来了，

他看到两眼昏花的母亲，独自坐在熟悉的火炉旁，

缝补岁月里的碎片。母亲清楚地记得那年，三十八岁的她，

独自在樱桃树下挑水，漫天的樱桃花伤心绝望地飘落在她身上、水桶里，飘落在父亲一去不复返的荒草路上……

多么寒冷，多么温暖的雪花啊！

父亲紧紧地搂着她颤抖的肩膀，紧紧地拥抱着她的回忆，

他不停地为她擦拭眼泪。可是，任他怎么擦，也擦不尽……

2. 这些声音

这是风吹麦浪的声音和翅羽摆动的声音，
是一棵樱桃树开始说话的声音，是接吻的声音和流水的声音，
是做爱、受孕、诞辰、啼哭的声音。

这是草发芽、扎根的声音，是一个人吃掉一树樱桃的声音，
是一口大锅旁边的暴力、哭泣、战栗、死亡、腐烂的声音，
是大包干的土地里嘲笑、怒骂、打架、仇恨的声音。

这是开垦挖渠植树造林的声音，是遗忘的声音，和解的声音，
是烟味缭绕着的茅草屋缓缓升起的声音，是孩子们逗趣玩耍的声音，
是两个人拉墨线，拉锯，打造家具的声音，是一个合唱团的声音。

这是广场放电影的声音，是你挤我挨，打情骂俏的声音，
是浅一针，深一针，穿过千层底的声音，是棉被窝里互相蹬腿、挠痒，
欢笑的声音。是朦胧的窗外，鸡鸭鹅跑出篱笆的声音，是猪拱食的声音。

这是一个人的心脏突然停止跳动，突然走不过门前那条河的声音。
是月亮偷偷回家的声音，是月亮偷偷回不了家的声音，
是玉米地里玉米长着长着，突然全部倒地的声音。

这是一个女人期待花开花落的声音，是劳累、忧伤的声音，
是门前的小河从春流到夏，从中年流到老年的声音，
是一年又一年，一树樱桃花开开谢谢的声音。

这是摇椅上的白发老人将月光摇到春夜里的声音，
这又是风吹麦浪的声音和翅羽摆动的声音……
这又是爸爸和妈妈隔着墙说话的声音……

3. 爱之蔓

当我爬上藤萝，看到她是美的，柔软的，
像音符，波浪，钱串，星空……
她那秀发柔软的流向，丰盈的卷致，自然的翻卷，像我妈妈。

妈妈的月光路是这个样子，杏花树下挑水的姿势是这个样子，
她眉间那层解不开的愁云和悲伤的泪水也是这个样子的。
我喜欢妈妈用这样的姿势在水塘边洗脸——

小鱼儿小蝌蚪一群群游过，小燕子小麻雀一群群飞过，
它们把妈妈美丽的身姿带走了，把妈妈细嫩的肌肤带走了，
还带走了我饥饿的哭声。

妈妈的藤蔓越伸越长，有时抱着我的孩子钻进厨房，
有时抱着阳光站在麦地，她弯腰的姿势，擦汗的姿势，蹲下来捶背的姿势，揉面包饺子的姿势，夜晚喊疼的姿势……
多少年过去了，都未曾改变。

只是，她在我家吃饭的姿势，用筷子夹菜的姿势，
多了一些谨慎和怯生生，
像窗台上那根开着淡紫红花的藤萝，柔软的小脚似乎不知道往哪儿放。

4. 相识远

爸爸，那棵樱桃树又迎来了春天，可是你已经死了，
每一朵花都开成你存在的样子，都开成你忧郁抽烟的样子，
我能在每一朵花蕊里听到你的声音。

如果有一天我也死了，一棵樱桃树会不会因我而倒下，
那片樱桃林会不会因为我而消失？

现在我热爱生活，没有悲伤。
我努力工作，不知疲倦地工作，似乎不再有思考和欲望。
有时候我盘问自己，难道我拥抱的喜悦不是真正的喜悦？
我拥抱的痛苦不是真正的痛苦？

深沉湖面上，阳光很迟缓地从那里慢慢收回自己的金子，
我看到所有事物里没有你和我移动的影子，
干瘪的天空，只有几只燕子在那儿失魂地飞，我们很久不相识了。

爸爸，最终发现我的，不是流水，而是一本书，
是凿在石壁上的诗书。很多路人想从石壁上剥离出我的声音，
它们抠不出来，也听不懂。

5. 穿过村庄的河流

这条河已经成为妈妈的经脉，时间在那里汩汩有声，
我时常沿着妈妈深深的呼吸，逆流而上，
抑或，顺流而下。

妈妈幽深暗蓝的眼睛，常常浮动着流萤的眼泪，它的睫毛那么湿，
嗨，那么湿！拨开它，我看到一道弯曲的红血丝，
像一条迷失的路，一段逝世的时间。

妈妈，妈妈，我还想你闪着柠檬光芒的乳房，
在那个傍晚，垂落着的，被我甜蜜地含在嘴里的，喂饱我饥渴的胃的乳
房。为什么不让我再看见，只与大雾中的苦菜花摩摩挲挲。

我的翅膀被秋风击落了，当我抱着一朵苦菜花，
向你一再地索要着乳房的时候，我看到一群流萤向我飞来，我不想吃这
个世界上的任何食物，
我只想拥有一个闪着柠檬光芒的乳房。

妈妈，我只想让你再生我一次，
用你蓝盈盈的水，用你蓝盈盈的眼，用你消失了的有着柠檬香的乳房，
哦，最好也给我一对闪着柠檬光芒的乳房。

6. 瓶子里的光

这里，阳台高于湖水，瓶子高于寂寞，
夏风在瓶之外旋转，瓶内的日子烦躁不安，
不是瓶盖丢失的问题，而是瓶子内心聚集的话太多。

瓶子最先说的话是药，倒出了全部的药以后，
无助而空虚的胃似乎没什么可以填补，几棵青嫩的草被塞了进来，瓶子
有些生气，觉得腹内全是草莽。
来几只豆娘就好了，来几只萤火虫就好了，
若能有琴声相伴就更好了，琴声可以在千里之外，但要能看到弹琴的手
指。

稀薄的光在玻璃内外跳跃，仿佛音乐、水声，仿佛幸福的咒语，
瓶子的天空模糊而沉寂，没有神在那里走动和停留，也没有人类来破坏
这里的和谐和安宁。

有两个人的灵魂在萤火虫的引导下，来到寂静的河边，
他们伸长了脖子，想喝水。他们伸长了脖子，也喝不到水，

瓶子立在岸边非常不安，
因为它腹内有两颗沉睡的心脏突然醒来，它们也在寻找水源。

萤火虫们为找水源倾巢而出，像瓶子一生中要说的重要的话，
瓶子什么也留不住，包括一颗简单的心。

7. 桃李不言

我只是坐在一条河的对面，坐在一面白墙的对面，
只是看着白墙慢慢风化为沙，河面上慢慢漂来树叶、花朵和雪……

阳光很迟缓地从我身体一次次抽离，
黑暗一次次靠近我，将我掩埋。我只是坐在离小镇不远的海边，只是看着船儿出港归港，看着阴晴圆缺。

很多小路只有我一个人走过，很多河流只有我一个人蹚过。
只是，一朵桃花开了以后，许多桃花也跟着开，一只蝴蝶飞来，一群蝴蝶也跟着飞来。

在一个冬天的夜晚，我冷，我饥饿，我学着一只蛐蛐叫。
很长的一段时间，我没发现昆虫的影子，却发现一只麻雀在纱窗外偷窥，并且跃跃欲试。

我的幸福一动不动，我的悲伤一动不动，
我的欲望啊，也一动不动。我只看到，路上的行人经常怀孕，经常发疯，经常走失，死亡……

我经常拉上窗帘，再拉开窗帘，
像叶芽一样，将梦放出去，再收回来。我这样调换空气的时候，弯曲的天空，很艺术地环抱着圆球形的思考。

我确实看到了一列火车从那里奔驰而来，
那类似我的心一样的东西，突然照明了天地万物，我看到所有的花草树木都会写诗唱歌……

后记：我等待一双敲击的手

这个世界总有它自己的运行方式，河边的芦苇丛，田埂上的芭茅草，水底的枯木沙石间，都曾是我的家。我抱着缓缓沉没的落日朝向一条通向人间的路张望，我非常怀念那里。在落叶和雪即将融入泥土的时刻，我将长眠于深深的岩层，我在等待一双敲击的手，等待一条长臂绵延的水草。

我拼命擦拭周围的烟雾，因为这些烟雾里有太多的愤怒、诅咒、灾难、眼泪和痛苦。我祈求能看到远处那条清亮的河，看到河面上如我一样飞翔的豆娘。似乎我终于完结了一次竞争，很慵懒地躺在阳光的河面上，那是我的灵魂在沿河而下。我的体内灌满了波涛，这声音是人类的，也是豆娘的。

平安夜里，温暖幸福的灯光将我照亮，我终于从一个神秘的豆娘世界跳脱出来，我开始仔细审视《豆娘新章》。这是即《豆娘王国里的爱情乐章》之后的一部长篇叙事散文诗，共二十八章，每一章7首，一共196首散文诗，每一章写一个主题，所有章节连在一起就是一部完整的长篇叙事散文诗。我比较喜欢七这个数字，其一是我在家排行老七，其二是上帝用七天创造了世界，我用七这个数字创造属于豆娘的世界，这是一个神秘的豆娘世界，也是一个现实的人类世界。

在《豆娘新章》即将揭开神秘的面纱，以俏丽端庄典雅的真容面对读者的时候，它像我精心培育的孩子，面对他的出走，我不知所以。在他即将投入读者的怀抱之际，我突然非常不舍。两年，我安静地写诗，致力于这部长篇的创作，我经历了思考、探索、犹豫、怀疑、否定、肯定，最后以坚持不懈的努力写完的经过。这是一部反应社会生存的、生活哲理的、爱情价值的、温暖亲情的、悲悯情怀的散文诗，我相信这本集子是我目前创作上的一个高度。目前它是我的绝版，因为我不确定以后是否还能创作出这样的作品。

在这里首先要感谢中外散文诗学会主席，《散文诗世界》总编海梦老师，是他在一次偶然的稿件中，发现了我，并与我取得联系，之后便一直关注鼓励着我的写作。他不仅为这部散文诗集作序和封面题字，而且帮助我策划出版这部散文诗集，让我从内心里无比感激和敬佩他。其次要感谢周庆荣老师，我最初写了第一章以后，他就发现并鼓励我要这么写下去，要相信自己，我真的很荣幸得到他的一路扶持和指点，在这里真心感谢他。最后，我要感谢冯明德、宓月、亚楠、李秀珊、潘红莉、温陵氏、箫风、灵焚、爱斐儿、黄曙辉、王武军等老师，感谢连云港市作家协会张文宝主席，以及我的老师和诗友们，他们都用不同的方式给予了我很大的鼓励和支持。

我知道，还有很多人站在河边像阳光和水草一样爱着我。那被时光砍伐得只剩下尘土和沙粒的芦苇丛，似乎在皑皑白雪下，瞬间萌发出尖尖的绿意。穿过寒流的严厉鞭策，我看到一种向上的和向下的无限延伸的生命力，此时我的胸口不再有石头，而是花骨朵。我想，我应该再一次撕开捆绑我身体的枷锁，再一次寻找方向飞翔了。

清荷铃子

2013年12月7日